Leçons d'un siècle de vie

PRINCIPAUX OUVRAGES DU MÊME AUTEUR

LA MÉTHODE

La Nature de la nature (t. I), Seuil, 1977 ;
coll. « Points Essais », 1981.

La Vie de la vie (t. II), Seuil, 1980 ; coll. « Points Essais », 1985.

La Connaissance de la connaissance (t. III), Seuil, 1986 ;
coll. « Points Essais », 1992.

Les Idées (t. IV), Seuil, 1991 ; coll. « Points Essais », 1995.

L'Humanité de l'humanité. L'identité humaine (t. V),
Seuil, 2001 ; coll. « Points Essais », 2003.

Éthique (t. VI), Seuil, 2004 ; coll. « Points Essais », 2006.

COMPLEXUS

Science avec conscience, Fayard, 1982 ;
Seuil, coll. « Points Sciences », 1990.

Sociologie, Fayard, 1984 ; édition remaniée et complétée,
Seuil, coll. « Points Essais », 1994.

Introduction à la pensée complexe, ESF, 1990 ;
Seuil, coll. « Points Essais », 2005.

Amour, poésie, sagesse, Seuil, 1997 ; coll. « Points », 1999.

Connaissance, ignorance, mystère, Fayard, 2017.

ANTHROPO-SOCIOLOGIE

L'Homme et la Mort, Seuil, 1951 ; coll. « Points », 1977.

Le Cinéma ou l'Homme imaginaire, Minuit, 1956 ;
coll. « Arguments », 1978.

Le Paradigme perdu : la nature humaine, Seuil, 1973 ;
coll. « Points Sciences humaines », 1979.

Suite des œuvres d'Edgar Morin en fin de volume

Edgar Morin

Leçons d'un siècle de vie

DENOËL

Préambule

Qu'il soit entendu que je ne donne de leçons à personne. J'essaie de tirer les leçons d'une expérience séculaire et séculière de vie, et je souhaite qu'elles soient utiles à chacun, non seulement pour s'interroger sur sa propre vie, mais aussi pour trouver sa propre Voie.

1

L'identité une et multiple

Qui suis-je ? Je réponds : je suis un être humain. C'est mon substantif. Mais j'ai plusieurs adjectifs, d'importance variable selon les circonstances ; je suis français, d'origine juive sépharade, partiellement italien et espagnol, amplement méditerranéen, européen culturel, citoyen du monde, enfant de la Terre-Patrie. Peut-on être tout cela en même temps ? Non, cela dépend des circonstances et des moments où tantôt l'une tantôt une autre de ces identités prédomine.

Comment peut-on avoir plusieurs identités ? Réponse : c'est en fait le cas commun. Chacun a l'identité de sa famille, celle de son village ou de sa ville, celle de sa province ou ethnie, celle de son pays, enfin celle plus vaste de son continent. Chacun a une identité complexe, c'est-à-dire à la fois une et plurielle.

Mon identité une et plurielle

La conscience de mon identité une et plurielle m'est venue progressivement. Mes parents immigrés n'avaient pas d'identité nationale. Ils avaient une identité ethno-religieuse sépharade et une identité de cité, Salonique, oasis paisible dans l'Empire ottoman depuis 1492, où la majorité de la population était juive. À la différence des Grecs, Serbes et Albanais conquis et colonisés par les Turcs, les Juifs y avaient été accueillis et ne subissaient ni exactions des janissaires ni persécutions des Ottomans. Une partie d'entre eux, venus de Toscane (Livourne) au début du XIXe siècle, y avaient apporté les idées laïques, le capitalisme puis le socialisme. Aussi Salomon Beressi, mon grand-père maternel, était-il ouvertement libre-penseur et enseignait-il une morale sans Dieu à ses enfants. Mon père, jeune, ne rêvait que de Paris. La bourgeoisie sépharade de Salonique parlait le français en sus du vieux castillan, dit « djidio » de l'intérieur et judéo-espagnol de l'extérieur.

Né en France, je n'eus pas de nationalité étrangère en héritage. Mes parents avaient une identité de cité en halo derrière leur nouvelle identité française. Ils parlaient en famille le djidio, jamais avec moi, mais j'avais cet espagnol dans les oreilles. Je fus surpris en Espagne de comprendre en partie la langue et de la parler plus ou moins mal. Puis je fus très heureux de développer mon usage du castillan en Espagne et en Amérique latine. Cela éveilla en moi, qui me croyais descendant direct des expulsés de 1492 par Isabelle la Catholique, une identité espagnole – identité que de plus je peux revendiquer légalement, ce qui m'a été souvent officiellement proposé.

Je suis devenu français naturellement dans l'enfance puisque mes parents parlaient le français avec moi et, à l'école, mon esprit s'est approprié l'histoire de France. J'ai ressenti mienne cette histoire, avec des émotions fortes à l'évocation de Vercingétorix, Bouvines, Jeanne d'Arc, l'assassinat d'Henri IV, la Révolution, Valmy, la première campagne d'Italie, Austerlitz, Napoléon glorieux et Napoléon déchu à Sainte-Hélène, 1848, 1870, la Commune, la guerre de 1914-1918. Je n'étais nullement conscient des ombres de cette histoire, j'étais imprégné de ses victoires et de ses défaites, de ses gloires et de ses deuils. Et je pâtissais des souffrances subies, notamment durant la guerre de Cent Ans où la France faillit disparaître. C'est pourquoi, enraciné dans cette histoire, je me sens viscéralement français.

En même temps, je découvrais que j'étais juif.

Mes parents, bien que laïcisés, me faisaient participer au dîner de Pâques chez ma grand-mère, célébré en judéo-espagnol en présence du rabbin Perahia. J'avais été circoncis, sans le savoir évidemment, mais mon père ne m'avait pas fait préparer ma bar-mitsva à la synagogue où l'on apprend pour cela un peu d'hébreu et quelques prières. Sur l'insistance d'un beau-frère pieux, il se résigna à un compromis ; il demanda au rabbin de la synagogue de la rue Buffault d'accomplir le rite sans préparation, arguant que j'étais un pauvre petit orphelin. Aussi, je dus répéter les mots hébreux que me soufflait le rabbin et faire une petite déclaration en français disant que je serais toujours respectueux envers ma famille.

C'est surtout au lycée, dans ma classe où il y avait des catholiques, quelques protestants, cinq juifs et des fils de libres-penseurs, que des camarades me demandaient quelle était ma religion. J'étais donc juif, mais cette identité n'avait pas de contenu culturel. Elle était surtout ressentie comme quelque chose d'étrange pour les uns, et de mauvais pour ceux qui avaient hérité de l'antisémitisme de leurs parents.

Bien que je n'aie subi que très peu d'offenses personnelles dans ma jeunesse, j'ai enduré l'antisémitisme extrêmement violent de la presse de droite, puis celui de Vichy, sans que cela mette en cause intérieurement mon identité française de plus en plus liée à la tradition humaniste allant de Montaigne à Hugo.

Humaniste avant tout

En fait, ma conscience juive se diluait dans ma recherche d'une conscience politique humaniste qui cherchait une voie dans la crise de la démocratie, l'antifascisme et l'antistalinisme. J'avais dix-sept ans quand les nazis privèrent les Juifs allemands de leurs droits civiques et organisèrent la Nuit de cristal, en novembre 1938. Je restais pacifiste, désireux de conserver un point de vue universel plutôt que de souhaiter, parce que juif, la guerre contre l'Allemagne.

Sous l'Occupation, dans la Résistance, après la guerre, l'identité juive se réveillait puis disparaissait. Ayant pris dans la Résistance le pseudonyme de Morin, j'eus après guerre la tentation de changer légalement d'identité, comme le firent certains, mais j'ai maintenu Nahoum sur ma carte d'identité, y faisant ajouter « dit Morin ». Enfin, comme je vivais la tragédie des procès communistes à l'époque, je suivis de loin la guerre d'indépendance d'Israël, heureux que les combattants et les kibboutz donnent un démenti au mythe du Juif commerçant et couard.

Un séjour en Israël en 1965, donc avant la guerre des Six-Jours, me fit découvrir la haine entre Juifs et Arabes. J'abandonnai ma recherche de racines dans cette nation. Puis la domination d'Israël sur le peuple arabe de Palestine m'impliqua à nouveau comme Juif, mais en tant qu'un des derniers intellectuels juifs porteurs d'universalisme et anticoloniaux, donc hostiles à la colonisation de la Palestine arabe. Les articles que j'écrivis à l'époque dans *Le Monde*, où je ne contestais nullement l'existence d'Israël, me valurent d'être traité de traître, voire d'antisémite.

J'ai écrit un livre d'hommage à mon père et à mes ascendants, *Vidal et les siens*[1], ce qui rend ridicule toute accusation de haine, y compris de haine de soi.

Je n'ai jamais contesté le droit à l'existence de l'État israélien et j'ai toujours eu conscience des périls historiques qu'a subi et pourrait subir dans le futur la nation israélienne.

J'ai en revanche critiqué l'action répressive de l'armée ou de la police israéliennes sur les Palestiniens, et j'ai reconnu le droit de ces derniers à un État national, conformément aux résolutions de l'ONU et aux défunts accords d'Oslo. Mon vrai souhait aurait

1. Seuil, 1989.

été celui de Martin Buber d'une nation commune aux Juifs et aux Arabes.

Je sais par expérience historique et vécue qu'un peuple qui en colonise un autre tend à le mépriser. Mais l'on trouve souvent, parmi le peuple colonisateur, une minorité compatissante et secourable, ce qui est ici le cas.

Je considère que je fais plus honneur à l'identité juive par mon œuvre universaliste que ceux qui injurient ou calomnient au nom d'une identité close et exclusive.

Tout en reconnaissant mon ascendance juive et tout en affirmant que je suis du peuple maudit et non du peuple élu, je me définis comme post-marrane, c'est-à-dire comme fils de Montaigne (d'ascendance juive) et du Spinoza anathémisé par la synagogue.

Espagnol, italien, européen

Mon identité espagnole vient du vieux castillan parlé dans ma famille, de mon amour pour le théâtre et la littérature du Siècle d'or, pour García Lorca et Antonio Machado, et surtout de séjours en Espagne, particulièrement en Andalousie, où je retrouvais des nourritures matricielles. Toutefois, mon identité italienne est devenue très vive, non seulement parce que je me suis senti en Toscane comme en une matrie retrouvée et que je me suis imprégné d'Italie, mais aussi parce que mes familles maternelles Beressi et Mosseri sont de souche italienne. Même les Nahoum furent un temps implantés en Toscane, où l'un d'entre eux participa au Risorgimento. Du reste, ma famille Nahoum obtint la nationalité italienne à Salonique dès que l'Italie devint un État unifié indépendant.

De même que Felipe Gonzales, Premier ministre, souhaita me restituer l'identité espagnole, la ville de Livourne m'offrit d'y être citoyen d'honneur.

Européen, je le devins politiquement en 1973, quand je découvris que l'Europe dominatrice du monde et puissance coloniale inhumaine était devenue une pauvre vieille chose qui avait perdu ses colonies et ne pouvait survivre que sous perfusion du pétrole moyen-oriental. Mais mes espoirs européens se dégradèrent avec la subordination des institutions européennes aux forces techno-bureaucratiques puis financières. Enfin, les divergences entre les ex-démocraties populaires et les nations fondatrices, la pression destructrice des autorités de l'Union européenne sur le gouvernement grec de Tsípras, et l'attitude générale à l'égard des migrants d'Afghanistan et de Syrie achevèrent de me décevoir.

Je souhaite que ce qui subsiste ne se désintègre pas, mais j'ai perdu foi en l'Europe.

Ma culture humaniste m'a dès l'adolescence rendu soucieux du destin de l'humanité. Quand Philippe Dechartre, l'un des chefs du mouvement de Résistance auquel j'avais adhéré, m'a demandé ce qui avait motivé mon entrée dans la lutte clandestine, je lui ai répondu que c'était non seulement pour libérer la France, mais aussi pour participer à la lutte de toute l'humanité pour son émancipation – ce que je confondais avec le communisme.

Une fois cette confusion dissipée, j'adhérai, vers 1952-1953, aux Citoyens du monde, dont j'ai gardé la carte. Puis je pris conscience que nous vivions les développements de l'ère planétaire commencée en 1492, empruntant ce terme à Heidegger. Dans la revue *Arguments*, je me consacrai aux problèmes de ce qu'on appelait alors tiers-monde. J'écrivis et publiai en 1993 *Terre-Patrie*[1], puis je fus adepte d'une altermondialisation, tout en prenant conscience que la mondialisation techno-économique avait créé une communauté de destin entre tous les humains. Par le biais, donc, de Terre-Patrie et de communauté de

1. Avec Anne-Brigitte Kern, au Seuil.

destin, je reviens à mon identité première et substantive d'être humain.

Chevauchements d'identités

À Paris, pendant la Résistance, j'étais sur ma carte d'identité Gaston Poncet pour ma concierge et les contrôles policiers, Morin auprès de mes camarades de Résistance et Nahoum quand je correspondais avec mon père ou voyais des parents.

Il se produisit une fois un tête-à-queue entre deux identités.

Je suivis un jour une belle prostituée dans un hôtel de Pigalle fréquenté par des officiers allemands. Quand elle saisit mon sexe, je pris conscience avec épouvante que j'étais circoncis. La prostituée fit les plus beaux efforts pour durcir un membre complètement affalé. Écœurée de son insuccès, elle partit dans une chambre voisine partouser avec des militaires. Je me rhabillai et quittai discrètement l'hôtel ; Nahoum avait soudain surgi et chassé Morin.

Après la Libération, je redeviens Nahoum pour tout ce qui est officiel, sur ma carte d'identité et mon passeport. Je ne cache pas ce nom, les articles sur ma personne le mentionnent et certains même me font par compression générationnelle originaire de Salonique. Mais finalement, je suis content d'être identitairement à la fois fils de mon père et fils de mes œuvres. J'aurais voulu garder officiellement le nom de Beressi, ma famille maternelle à laquelle je suis profondément attaché, mais n'y ai pas pensé à temps.

Finalement je vis ma poly-identité non comme une anomalie mais comme une richesse. Ces identités se succèdent diversement selon les conditions intérieures ou extérieures dans mon Je et dans l'Edgar qui les intègre.

Identité familiale

Mes parents avaient six ou sept frères ou sœurs. Une communauté d'entraide les lia toute leur vie. Les couples de ma génération n'avaient qu'un enfant ou deux. Avec la fin de la grande famille, les liens se distendirent. Enfant unique, je rencontrais parfois oncles, tantes et cousins ; je tissais quelques rares liens affectifs avec certains d'entre eux.

La mort de ma mère Luna quand j'eus dix ans aggrava ma solitude. Il ne restait d'elle qu'une grande présence mythique, mais nulle présence physique. La protection exagérée que mon père exerçait sur son fils unique fut vécue par moi comme une servitude dont je me libérais dès que l'occasion se présentait. Je vécus vraiment hors de la famille, à l'école, au cinéma, dans les livres, dans les rues. J'y fis mon éducation et appris mes vérités.

Marié et père de deux filles, je ne cherchais pas à les éduquer, pensant que rien ne valait mieux que l'auto-éducation qui fut la mienne. Puis ma séparation de Violette quand elles eurent onze et douze ans, ma vie amoureuse, mes obsessions intellectuelles et politiques, suspendirent à plusieurs reprises nos relations sans y mettre fin. Je ne fus pas un bon fils ni un bon père, mais je fus un époux aimé et aimant.

Avec le temps, non seulement je me réconciliai progressivement avec mon père mais je l'intégrai en moi. Et à son décès, j'avais tellement honte de ne pas l'avoir apprécié comme je l'aurais dû et comme il le méritait que j'ai consacré un livre à sa personne et à sa vie. Et bien que sa mort, advenue en 1984, soit chronologiquement de plus en plus lointaine, sa présence est en moi de plus en plus proche. Mon visage ressemblait à celui de ma mère, il ressemble maintenant au sien. À voir subitement certaines de mes photographies récentes avec Sabah, j'ai comme un flash que c'est lui et non moi. Mon papa est en moi à quatre-vingt-dix-neuf ans.

J'aurais tant voulu, ces dernières années, retrouver une vie de famille avec mes filles. Je suis comme le personnage de *La Mule* incarné par Clint Eastwood, qui a passé sa vie à jardiner et à participer à des concours floraux, négligeant mariages et fêtes de famille, et qui n'aspire désormais qu'à retrouver sa chaude communauté. Certes bien des malentendus sont levés avec ma fille Véronique, et ma fille Irène m'accepte tel que je suis, mais mon éloignement à Montpellier, les confinements dus au Covid, puis mes hospitalisations et ma convalescence au Maroc, tout cela empêche mon vœu de se réaliser. Les aventures de ma vie, mes passions amoureuses et intellectuelles, jointes à mes négligences, m'ont privé de cette chose superbe qu'est une famille unie.

Je ne pus fonder ma famille, car mes trois mariages précédant l'ultime furent à la fois assez longs (dix-huit ans, seize ans et vingt-huit ans) pour que je puisse être intégré dans une famille au départ étrangère, et trop courts pour que j'y demeure de façon durable. Mais j'ai pu apprécier grâce à chacune de mes compagnes des mondes nouveaux pour moi : la campagne périgourdine avec Violette, le Québec lors de sa révolution tranquille, la condition afro-américaine avec Johanne, la haute caste médicale avec Edwige, et enfin désormais la vie intellectuelle franco-marocaine avec Sabah.

Bien que je sois un compagnon aimé et aimant, les évolutions divergentes de nos personnalités ont abouti à mes deux séparations, avec Violette et Johanne, mais dans le maintien du lien jusqu'à leur décès. Et seule la mort me sépara d'Edwige en 2008.

Alors que je me croyais définitivement voué à vivre seul, je fis la rencontre inouïe de Sabah en 2009 par le plus improbable des hasards, au Festival de Fès des musiques sacrées du monde. Rencontre destinale, puisqu'à quarante ans de distance nous eûmes un destin commun. Elle avait perdu à dix ans son père aimé, comme moi j'avais perdu au même âge ma mère adorée. Elle s'était formée elle-même comme je m'étais construit dans la solitude et l'incompréhension de ma famille. Les mêmes lectures nous avaient marqués pour la vie, comme celle de Dostoïevski. Nous avions l'un et l'autre milité clandestinement, moi dans la Résistance, elle pendant les années de plomb du règne d'Hassan II. Et le désabusement que j'avais exprimé dans *Autocritique*[1] avait contribué à son désabusement.

1. Julliard, 1959.

Elle était devenue professeur d'université, s'était nourrie de mes livres, s'était sentie réconfortée dans mes prises de position sur les tragiques événements du Moyen-Orient.

Le lien le plus profond qui puisse exister nous a attachés l'un à l'autre.

Je lui dois non seulement de m'avoir évité la survie et d'avoir recommencé à vivre, mais je lui dois aussi, à plusieurs reprises, la vie elle-même.

Elle est présente dans mon œuvre, souvent invisible, par ses indications, ses suggestions, ses corrections, ses critiques. Universitaire et chercheuse, elle a sacrifié son apport créateur dans la sociologie urbaine pour se consacrer à mon existence et à une mienne pensée devenue commune.

Mon émotion est grande de ressentir la merveille d'un amour quotidien, du baiser du matin au baiser du soir, de penser que sa tendresse attentive accompagne mes pas vers un centenaire incertain.

L'unité plurielle de la personnalité

Nul n'est le même dans la tendresse où s'épanouit une personnalité aimante, et dans la colère où apparaît une personnalité violente. J'avais été frappé dans mon *Vif du sujet*[1], écrit en 1961-1962, par les cas de personnalité double ou multiple, où le même individu changeait de visage, de tempérament, d'écriture, passant inconsciemment d'un moi à l'autre. Cela est visible chez ceux qu'on appelle bipolaires, ou maniaco-dépressifs. La même personne devient optimiste, exaltée, suractive, entreprenante, puis dans sa phase contraire déprimée, pessimiste, atone, inactive. La même personne peut passer de l'adoration exaltée dans l'amour à une pluie de critiques, reproches et réprimandes. Ce n'est plus la même personne, bien que l'une et l'autre occupent successivement le même Moi-Je. C'est comme si le passage d'un état mental ou émotionnel à un autre cristallisait une personnalité cohérente, ayant ses traits singuliers, vouée à disparaître et à réapparaître.

Je crois qu'il en va de même, mais dans une moindre mesure, pour chacun d'entre nous. C'est ce que j'éprouve quand je me sens parfois envahi par la mélancolie de ma mère, parfois occupé par la joviale gaieté de mon père. Je me sens tantôt un paresseux, tantôt un hyperactif, tantôt un somnolent, tantôt un éveillé. Des états de transe enchantée me saisissent dans les émotions esthétiques ; je me sens dominé par

1. Seuil, 1969.

une force à la fois supérieure, extérieure et intérieure quand je me consacre à la rédaction d'un livre. Et après chaque colère, je sais que j'ai été possédé par mon propre démon.

Mon cheminement intellectuel en solitaire

Mon premier livre, *L'An zéro de l'Allemagne*[1], qui revenait sur mes expériences de 1945-1946 dans l'Allemagne dévastée et hagarde, fut bien accueilli. S'il a irrité quelques germanistes, il n'y avait alors personne d'autre pour traiter de ce moment unique et extraordinaire de l'histoire allemande. De même, *L'Homme et la Mort*[2], mon premier livre important, où j'inaugure mon mode de connaissance transdisciplinaire, ne subit aucune critique de spécialiste car nul n'avait jamais traité jusqu'alors, selon l'histoire, la sociologie et la psychologie liées, des paradoxales attitudes humaines devant la mort. Il en fut également ainsi de mon livre d'anthropologie du cinéma, qui ne lésait aucun expert, puis de celui sur

1. La Cité universelle, 1946.
2. Corréa, 1951 ; Seuil (éd. revue et augmentée), 1976.

les stars, personnages semi-mythiques qui n'avaient jamais intéressé les sociologues.

Par la suite, en revanche, quand je me suis lancé dans la *Méthode*[1], j'ai souvent été mal vu par certains propriétaires des domaines de connaissances, dénoncé comme incompétent ou vulgarisateur, alors que je réinterprétais et reliais les connaissances dispersées et forgeais la méthode pour traiter les complexités.

Je sais qu'il y eut et qu'il y a de plus grandes victimes de l'incompréhension et de la calomnie. Même ulcéré, même critiquant ce que je pense être leurs erreurs, et pour certains leur vanité, je n'ai jamais attaqué mes attaquants.

J'ai subi aussi, après ma rupture avec le parti communiste, les insultes routinières que reçoit tout exclu. J'ai subi les plus énormes calomnies pour avoir critiqué la politique répressive d'Israël envers le peuple palestinien. Tout personnage public suscite d'innombrables inimitiés. Mais il bénéficie aussi d'amis inconnus…

J'ai préféré rester libre et indépendant au CNRS (où j'étais jugé favorablement, selon la quantité et non la qualité de mes travaux) plutôt que de briguer un poste dans une université de province où j'aurais

1. Six volumes publiés entre 1977 et 2004 au Seuil.

été obsédé par le désir d'être nommé à Paris, en rêvant à la retraite ou à la mort des titulaires. Je n'ai aspiré à aucun poste honorifique comme le Collège de France, et je n'ai jamais fantasmé sur l'Académie. Mais j'ai accepté avec plaisir les trente-huit doctorats *honoris causa* reçus à l'étranger.

Qui suis-je, finalement?

J'ai mis plusieurs pages à me décrire, sachant que cet autoportrait lacunaire comporte aussi l'absence de ce que je vais indiquer maintenant.

Je ne suis pas seulement une minuscule partie d'une société et un éphémère moment du temps qui passe. La société en tant que Tout, avec sa langue, sa culture et ses mœurs est à l'intérieur de moi. Mon temps vécu aux XXe et XXIe siècles est à l'intérieur de moi. L'espèce humaine est biologiquement à l'intérieur de moi. La lignée des mammifères, vertébrés, animaux, polycellulaires est en moi.

La vie, phénomène terrestre, est en moi. Et comme tout vivant est constitué de molécules, lesquelles sont des assemblages d'atomes, lesquels sont des unions de particules, c'est tout le monde physique et l'histoire de l'univers qui sont en moi.

Je suis un Tout pour moi, tout en n'étant quasi rien pour le Tout. Je suis un humain parmi huit milliards, je suis un individu singulier et quelconque, différent et semblable aux autres. Je suis le produit d'événements et de rencontres improbables, aléatoires, ambivalentes, surprenantes, inattendues. Et en même temps je suis Moi, individu concret, doté d'une machine hypercomplexe auto-éco-organisatrice qu'est mon organisme, machine non triviale, capable de répondre à l'inattendu et de créer de l'inattendu. Le cerveau donne à chacun l'esprit et l'âme, invisibles au neuroscientifique qui analyse le cerveau, mais émergeant en chaque humain dans sa relation avec autrui et avec le monde.

Chacun d'entre nous est un microcosme, portant à l'intérieur de l'unité irréductible de son Moi-Je, souvent inconsciemment, les multiples Touts dont il fait partie au sein du grand Tout. Ces multiples Touts sont constitués de la diversité de nos ascendances familiales et de nos appartenances sociales.

Le refus d'une identité monolithique ou réductrice, la conscience de l'unité/multiplicité (*unitas multiplex*) de l'identité sont des nécessités d'hygiène mentale pour améliorer les relations humaines.

2

L'imprévu et l'incertain

Il y a cent ans, parmi trois cents millions de spermatozoïdes, un seul a pénétré dans un ovule et l'a fécondé. Mon fœtus fut soumis à des pratiques abortives. Il aurait pu mourir avant de pouvoir naître, ce qui ne fut pas le cas. Mais je suis quasi mort-né, asphyxié par le cordon ombilical, et il fallut l'obstination du gynécologue qui longuement me gifla pour que je pousse enfin un cri et échappe à la mort.

Chance et malchance s'enfantent l'une l'autre

Ainsi la malchance qui me vouait à la mort avant de naître est-elle devenue chance de vivre. Néanmoins toute chance de vivre comporte la possibilité d'innombrables malchances.

De ma chance de vivre est venue la suprême malchance, le malheur de perdre ma mère à l'âge de dix ans.

Mais cette affreuse malchance, sans cesser de demeurer en moi une blessure jamais totalement refermée, même à mon âge, m'a poussé dans l'adolescence, et dès mes dix ans, à m'évader dans la littérature et le cinéma, puis la musique. Les œuvres sont devenues comme ma drogue quotidienne, drogue nourricière et salubre qui m'a fait découvrir la réalité du monde dans lequel je vivais tout en y échappant. C'est ainsi que j'ai construit pendant mon adolescence solitaire ma culture et mes vérités.

Le malheur a failli me détruire, puisque un an après la mort de ma mère j'eus une maladie inconnue des médecins, qui me donna une fièvre intense, finalement appelée, faute de mieux, fièvre aphteuse (propre aux bovins) dont je fus sauvé par l'apposition de glace autour du corps.

Surmonter un malheur ou une grave maladie donne une résistance que Boris Cyrulnik, qui l'a vécue, nomme résilience, où là encore la malchance porte sa chance. Ainsi, la mort de ma mère avait donné au fils unique orphelin que j'étais un immense besoin de frères et sœurs, de même qu'un immense besoin d'amour. C'est ce qui me fit, après une grande solitude, rechercher des frères et des sœurs avec qui je me suis lié pour la vie. C'est ce qui fit de moi un amoureux qui trouva dans ses amours le feu nécessaire à sa vie et à son œuvre. Et du malheur initial, qui n'a cessé d'être malheur, sont venus les grands bonheurs de ma vie.

Nouvelle malchance quand, préparant mes examens de première année d'université à Paris en juin 1940, j'ai appris par la radio que, à la suite de l'avancée des troupes allemandes, tous les examens étaient suspendus. Je suis parti me réfugier à Toulouse, ce qui fut une des chances de ma vie. Car c'est là que j'ai rencontré mes premiers frères et mes premières sœurs ; c'est là que j'ai vécu mon premier amour avec son intense poésie puis son premier chagrin ; c'est là que je me suis lié à Violette, celle qui allait devenir ma compagne. C'est là que je connus le monde des écrivains, des intellectuels et des résistants qui allaient changer ma vie. Et, même si un destin d'exclusion pesait sur mon avenir, je passai là des jours très heureux.

C'est à Toulouse que, après l'invasion de l'Union soviétique par la Wehrmacht et la bataille de Moscou, d'antistalinien je devins communiste, de pacifiste je devins résistant.

Je peux dire surtout que la Résistance, traversée simultanément dans la foi communiste et dans un mouvement gaulliste, fut une chance pour vivre intensément plutôt que survivre médiocrement, une chance dans la fraternité avec des hommes admirables comme Pierre Le Moign', Michel Cailliau, neveu de de Gaulle, Philippe Dechartre ; et j'ai été frappé par le courage de François Mitterrand.

Si je regrette totalement mon aveuglement sur la nature du communisme soviétique, je ne peux dire que ma période communiste, qui dura six ans, fut une malchance, car elle me donna l'occasion de pouvoir par la suite bien comprendre le totalitarisme, pour l'avoir vécu de l'intérieur. L'*Autocritique*[1] qui suivit ma rupture me donna la chance d'un décrassage mental, d'une conquête d'autonomie intellectuelle, de la recherche obstinée d'une pensée politique désormais complexe.

Cependant j'eus une grande malchance après l'exaltation de la Libération : mes essais journalistiques ne trouvèrent pas d'échos. J'eus l'idée d'une exposition sur les crimes hitlériens, mais le ministère m'adjoignit deux fonctionnaires obtus qui m'écœurèrent.

1. Seuil, 1959.

Alors la chance me sauva en prenant la forme du hasard. Pierre Le Moign', rencontré par hasard dans la rue, m'avisa que la Première Armée entrant en Allemagne cherchait des résistants pour l'administration des territoires conquis, le rapatriement des déportés concentrationnaires et des déportés du travail. Violette et moi sautâmes sur l'occasion et, après nous être hâtivement mariés, partîmes pour Lindau, siège de l'état-major de de Lattre. Nous y passâmes une année heureuse auprès de nouveaux frères et d'une nouvelle sœur tout en vivant l'expérience unique de l'Allemagne décomposée.

Qu'est-ce que le hasard ?

Ici j'ai fait intervenir le hasard. Peut-être était-il présent dès la pénétration dans l'ovule de ma mère d'un chanceux spermatozoïde ? Quand mon fœtus résista aux produits abortifs ? Quand le gynécologue s'obstina à me donner vie alors que j'étais apparemment mort ? Le hasard n'était-il pas présent quand ma mère sembla s'endormir dans le train de banlieue Rueil-Paris avant d'être retrouvée morte gare Saint-Lazare trop tard pour être ranimée ? N'a-t-il pas cessé d'accompagner ma vie ?

Le hasard, c'est évidemment l'imprévisible. Un seul coup de dés jamais n'abolira le hasard, mais une succession de très nombreux coups de dés permet de résorber le hasard individuel dans une statistique collective. Or le jeu de la vie est tout autre car fait d'événements singuliers et non de coups identiques répétés. L'imprévisibilité demeure dans l'irruption de l'inattendu, accident ou création. Bref, je crois qu'on ne saura jamais si le hasard est vraiment du hasard.

On a pu penser le hasard comme la rencontre accidentelle de déterminismes différents, un pot de fleurs, obéissant à la gravité, tombant d'un étage sur la tête d'un passant se rendant à son travail. La définition du hasard a été donnée par le mathématicien Gregory Chaitin : est hasard ce qui relève de l'incompressibilité algorithmique, c'est-à-dire l'impossibilité de déterminer à l'avance une succession d'événements. Omega symbolise les limites de la connaissance mathématique, les limites du calculable, les limites de l'algorithmisation, les limites de la prévisibilité.

Cependant l'imprévisibilité ou l'incompressibilité algorithmique n'excluent pas que le hasard obéisse à des déterminations cachées relevant peut-être de réalités invisibles à notre entendement. D'où l'hypothèse qu'une certaine forme d'intuition subconsciente quasi télépathe puisse d'une certaine façon prévoir l'imprévu.

Certes, pendant la Résistance, ma chance a pu être due à ma vigilance, par exemple quand j'ai appris l'arrestation de mon ami Joseph et que j'ai pu retirer à temps, avant que vienne la Gestapo, la valise contenant le trésor de notre mouvement, placée sous mon lit, chez mes logeurs. Deux fois pourtant, ma chance a été due à une cause inconnue.

La plus étonnante : j'avais rendez-vous, au cimetière Vaugirard, lieu tranquille d'où l'on pouvait voir si l'on était filé ou non, avec mon ami et adjoint Jean, antifasciste allemand ayant fait la guerre d'Espagne. J'attends Jean, il ne vient pas et pas un seul instant je pense qu'il a pu être arrêté. Mon insouciance m'étonne aujourd'hui. Je décide même, ce qui est une imprudence dont je suis inconscient alors, d'aller le voir à son hôtel. Là, je remarque que sa clé n'est pas accrochée au panneau, ne regarde même pas l'hôtesse assise à la réception, et décide de monter les deux étages jusqu'à sa chambre. Mais sur le palier du premier étage, soudain pris de lassitude, je m'arrête, songe vaguement, puis redescends l'escalier et laisse un mot pour Jean où je lui propose un rendez-vous dans une galerie de la Sorbonne. Or la Gestapo était venue le capturer dans sa chambre, y était restée avec lui pour y faire une souricière ; notre amie Gaby Bounes qui était allée le voir le matin y avait été arrêtée (elle fut déportée, mais revint).

Pourquoi cette lassitude, à vingt-deux ans, après une simple montée de marches ? Hasard ? Avertissement mystérieux ? Venu d'où ? Sabah me dit que c'était ma maman qui veille sur moi. Alors sa mort m'aurait protégé de la mort et peut-être des pires atrocités, car j'aurais été torturé comme Jean le fut.

Il y eut un autre avertissement inconscient, mais lui, très clair : alors que j'étais au gouvernement militaire de la zone française d'occupation à Baden-Baden, nous avions décidé, des amis et moi, une fois notre travail terminé, de partir de nuit en zone américaine nous offrir quelques whiskies et des cigarettes blondes. Après nous être égarés dans Karlsruhe en ruine, nous avons pris l'autoroute vers la zone américaine. Les passagers étaient assoupis, j'étais assis à côté du chauffeur. Je sors soudain de ma somnolence en criant « Stop ! ». Le conducteur s'arrête quelques mètres avant un gouffre que la rupture d'un pont d'autoroute avait ouvert et où la même nuit s'était écrasée une jeep de soldats américains.

Bontés du malheur, bienfaits de l'adversité

Chance et malchance vont ainsi se succéder, liées à l'imprévu, pour ne pas dire au hasard.

Chance : Robert Antelme fonde avec Marguerite Duras une petite maison d'édition, La Cité universelle, et me demande un livre sur l'Allemagne ravagée et démembrée dont je lui parle au cours de mes séjours à Paris. Ce sont mes débuts d'auteur, en 1946, avec *L'An zéro de l'Allemagne*. Autre chance : le livre, qui est en rupture avec l'antigermanisme régnant alors, bénéficie du tournant idéologique de l'Union soviétique que le parti communiste français doit adopter en hâte : au lieu d'être exclu, je suis félicité.

Malchance : je deviens chômeur en perdant mon gagne-pain, la rédaction du *Patriote résistant*, périodique de la FNDIRP (Fondation nationale des déportés et internés résistants et patriotes) contrôlée par le parti communiste. Ce malheur est compensé par le grand bonheur de passer quotidiennement plus d'une année à la Bibliothèque nationale afin d'y accumuler les notes pour mon livre *L'Homme et la Mort*.

Puis lorsque je fais part de mon accablement d'être chômeur au sociologue et résistant Georges Friedmann, celui-ci me suggère d'entrer au CNRS et me promet son soutien. Il me conseille de faire appuyer ma candidature par d'importants universitaires, c'est ainsi que Maurice Merleau-Ponty, Vladimir Jankélévitch et Pierre George écrivirent des témoignages en ma faveur. Je dois ma carrière au CNRS et ma liberté à la malchance d'être chômeur et au hasard d'un repas avec Georges Friedmann. Certes, après avoir été un responsable résistant homologué officier FFI, je devenais chercheur de deuxième classe au CNRS, mais j'étais heureux et je devenais libre.

Je pourrais continuer avec chance et malchance, malheur et bonheur, puisque le malheur de la mort de mon épouse Edwige a été suivi un an plus tard de la rencontre très improbable, par un extrême hasard, avec Sabah, qui me donne la vie.

Et c'est bien l'inattendu qui m'a fait appeler par le rédacteur en chef du *Monde* en 1963 pour comprendre ce phénomène lui-même inattendu : un concert géant place de la Nation, organisé par l'émission « Salut les copains » d'Europe 1, qui dégénéra en violente kermesse anti-policière. Ce à partir de quoi je devins pour longtemps un collaborateur privilégié du *Monde*.

C'est encore une suggestion inattendue de Georges Friedmann qui me fit entrer dans l'enquête pluridisciplinaire sur Plozévet[1], alors que je préparais une recherche sur les militants. L'année passée dans le microcosme singulier de ce village breton, en 1965, fut pour moi très féconde pour comprendre le développement multidimensionnel de la modernité en France à partir des années 1955. Le livre transdisciplinaire que j'en tirai eut le mérite de faire des découvertes imprévues, et fut, à ma grande surprise, condamné par des mandarins de la Délégation générale à la recherche scientifique et technique. Avisé par hasard par Raymond Aron, que je rencontrai dans la rue, je pus mener la contre-offensive qui m'innocenta officiellement tout en me privant des louanges que je méritais.

Lorsque Henri Lefebvre me demanda de le remplacer à l'université de Nanterre en mars 1968, ce qui allait s'y dérouler était imprévisible. J'entrai au cœur du foyer qui se généralisa en incendie à Paris et dans toute la France en mai 1968. Je fus seul à pouvoir le diagnostiquer à chaud.

Enfin, sur la suggestion imprévue de mes amis Jacques Monod, devenu Prix Nobel de médecine, et John Hunt, je fus invité à passer une année à l'Institut de recherches biologiques fondé par Jonas Salk,

1. *La Métamorphose de Plozévet*, Fayard, 1967.

découvreur du vaccin contre la poliomyélite. J'eus alors la chance d'effectuer à La Jolla, en Californie, un séjour particulièrement heureux (1969-1970) qui me permit de connaître les œuvres et les pensées d'auteurs grâce auxquels j'ai été amené à écrire la *Méthode*. Au retour de Californie, Jacques Monod me donna aussi la chance d'être coorganisateur du colloque international « L'Unité de l'homme » à l'abbaye de Royaumont, où ma communication « Le paradigme perdu : la nature humaine » devint l'embryon du livre que j'écrivis par la suite sous ce titre[1].

Toute vie est navigation dans un océan d'incertitude

C'est de façon imprévue que, invité à New York pour faire un cours d'un trimestre sur la complexité dans le roman, je négligeai ce travail pour me lancer, dans un état de quasi-possession, dans la rédaction de l'« Introduction générale à la Méthode ». Puis, à Paris, impuissant à continuer la rédaction de l'ouvrage, je dus partir à regret pour un colloque près de Florence sur le mythe du développement. J'y fus accueilli par

1. *Le Paradigme perdu : la nature humaine*, Seuil, 1973.

une femme providence qui me régénéra, m'énergétisa et me trouva en Toscane maritime la résidence idéale pour travailler à mon livre. Je partis pour mon refuge toscan avec une nouvelle femme providence, rencontrée par hasard trois jours avant mon départ de Paris, dont l'amour vint mettre à feu le haut-fourneau qui alimenta mon travail en énergie. Dans l'isolement d'un château en ruine dominant la mer, je terminai, en écrivant du matin à la nuit, le premier brouillon de la *Méthode* dont par chance le premier volume parut en 1977, au moment où la crise du marxisme et le déclin du structuralisme favorisaient l'accueil d'un livre qui avait tout pour être dédaigné.

Ce que l'on peut appeler hasard, imprévu, chance dans la malchance et inversement, malheur source de bonheur et inversement, ont marqué sans discontinuité ma vie. Mais n'en est-il pas de même, peut-être avec moins de fréquence, pour chacun ? La vie, pour tout être humain, est dès la naissance imprévisible, nul ne sachant ce qu'il adviendra de sa vie affective, de sa santé, de son travail, de ses choix politiques, de sa durée de vie, de l'heure de sa mort.

Ce que nous ne devons jamais oublier, c'est que si nous sommes des machines, nous sommes surtout des machines non triviales. La machine triviale est la machine artificielle, que nous fabriquons, dont on connaît le comportement à partir des programmes qui la commandent. L'être humain, lui, n'agit pas toujours de façon prévisible, notamment dans sa capacité à innover, à créer, et par là à apporter de l'inattendu.

Nous avons beau nous croire armés de certitudes et de programmes, nous devons apprendre que toute vie est une navigation dans un océan d'incertitudes à travers quelques îles ou archipels de certitudes où nous ravitailler.

Ce qui est vrai des individus l'est plus encore de l'histoire, soumise non seulement aux déterminismes économiques, aux ambitions, rapacités, cupidités démesurées, mais aussi à une absurdité quasi shakespearienne, « *a tale told by an idiot, full of sound and fury, signifying nothing*[1] », ainsi qu'aux accidents, aux erreurs, aux hasards, aux coups de génie, aux coups de dés, aux coups fourrés, aux coups de folie.

Au cours de ma vie, deux événements scientifiques inattendus sont d'abord restés invisibles aux yeux des médias, de l'opinion, des politiques, avant de transformer l'histoire de l'Humanité. Le premier est la découverte en physique nucléaire, par Fermi, à Rome, en 1932, des caractères de l'atome, socle sur lequel,

1. « Une histoire racontée par un idiot, pleine de bruit et de fureur, et ne signifiant rien », Shakespeare, *Macbeth*.

dix ans plus tard, se développeront les travaux pour utiliser l'énergie atomique dans une bombe dévastatrice. Pendant dix ans, la découverte de Fermi n'a eu d'intérêt que purement cognitif, et uniquement pour les physiciens. Il a fallu la guerre pour déclencher l'idée et le projet de la bombe atomique, puis, la paix venue, le développement économique qui a entraîné la création et le développement des centrales nucléaires. Parallèlement, la guerre froide a suscité la multiplication des armes nucléaires qui constitue désormais une menace globale pour l'humanité.

Le second événement scientifique est dû à Rosalind Franklin, qui, en 1953, découvrit à Cambridge la structure hélicoïdale de l'ADN, et à Watson, jeune chercheur américain venu au laboratoire de Crick et Franklin, qui paracheva la découverte de cette dernière en y déchiffrant le code génétique, patrimoine héréditaire de tout être vivant. Aujourd'hui, les développements de la génétique conduisent à la possibilité de modifier le patrimoine héréditaire de tout être vivant, humain compris.

Notons ici que si l'on peut prévoir les probabilités futures d'un processus évolutif (avec toujours une possibilité qu'advienne l'improbable), on ne peut jamais prévoir ce qui est créatif. On ne pouvait prévoir à l'avance Sakyamuni (le Bouddha), Jésus, Mahomet,

Luther, Michel-Ange, Montaigne, Bach, Beethoven, Van Gogh. Qui aurait pu penser, en 1769, qu'un petit Corse né cette année-là dans une île génoise à peine devenue française deviendrait empereur des Français en 1804 ?

Toute vie est incertaine

Ici je veux souligner qu'une des grandes leçons de ma vie est de cesser de croire en la pérennité du présent, en la continuité du devenir, en la prévisibilité du futur. Sans cesse, tout en étant discontinues, les irruptions soudaines de l'imprévu viennent bousculer ou transformer, parfois de façon heureuse parfois de façon malheureuse, notre vie individuelle, notre vie de citoyen, la vie de notre nation, la vie de l'humanité.

J'ai connu l'imprévu de la grande crise de 1929, laquelle a ravagé le monde et coproduit le nazisme et la guerre, l'imprévu de l'accession de Hitler au pouvoir, l'imprévu du 6 février 1934, émeute antiparlementaire qui suscita en réaction l'imprévu du Front populaire, l'imprévu de la guerre d'Espagne et du déchirement de la République espagnole de plus en plus noyautée par le pouvoir soviétique contre les libertaires, trotskistes et poumistes, l'énorme imprévu du pacte germano-soviétique en 1939, celui du désastre de l'armée française et du pouvoir de Vichy en 1940, l'imprévu de la résistance de Moscou fin 1941, coïncidant avec l'entrée en guerre des États-Unis qui subissaient l'attaque surprise de Pearl Harbor.

L'imprévu de la guerre d'Algérie, l'imprévu du rapport Khrouchtchev condamnant Staline, l'imprévu de la destitution de Khrouchtchev, l'imprévu de Soljenitsyne, l'imprévu du rapport Meadows qui diagnostiqua la dégradation générale de la biosphère et dénonça le danger écologique, l'imprévu de l'effondrement de l'URSS, l'imprévu de la guerre de Yougoslavie, l'imprévu de la doctrine Thatcher-Reagan, qui déclencha le règne mondialisé du profit via un néolibéralisme privatisant les services publics, enrichissant les riches et appauvrissant les pauvres. L'imprévu de l'union du communisme et du capitalisme dans la Chine de Deng Xiaoping, l'imprévu du passage rapide de la Chine au premier rang des puissances mondiales, l'imprévu de la destruction des deux tours du World Trade Center à New York, l'imprévu du déchaînement meurtrier du jihadisme islamique dans le monde, l'imprévu des conséquences de la guerre d'Irak au Moyen-Orient, l'imprévu de la crise mondiale des démocraties, et enfin l'imprévu de la pandémie de Covid et de l'énorme crise mondiale qu'elle a déclenchée, l'incertitude permanente dans laquelle nous vivons désormais dans le présent, pour le futur immédiat, pour le futur lointain.

L'incertitude et l'inattendu doivent être intégrés dans l'Histoire humaine. L'imprévu n'y est pas que hasard, il est aussi, comme la révolution pour Marx, la « vieille taupe qui sait si bien travailler sous terre pour apparaître brusquement[1] ». La surprise de l'inattendu ne doit pas être anesthésiée. Elle doit au contraire nous stimuler pour le comprendre, pour le penser et, sans pouvoir le prévoir, du moins pour nous y attendre.

Toute vie est incertaine, elle rencontre sans cesse l'imprévu. La malchance peut devenir chance et la chance peut devenir malchance. L'adversité peut apporter des bienfaits ; le malheur peut susciter du bonheur.

L'impossibilité d'éliminer l'aléa de tout ce qui est humain, l'incertitude de nos destins, la nécessité de s'attendre à l'inattendu, telle est l'une des leçons majeures de mon expérience de vie.

1. Karl Marx, « Les révolutions de 1848 et le prolétariat », discours du 14 avril 1856.

3

Savoir Vivre

« Donne de la vie à tes jours
plutôt que des jours à ta vie. »

Rita Levi-Montalcini,
Prix Nobel de médecine

Le mot vivre contient un double sens. Le premier est être en vie, exister, ce qu'assure notre organisation biophysique qui entretient notre état de vivant par sa résistance à la dégradation mortelle : respirer, se nourrir, se protéger. Dans ce sens, vivre signifie seulement se maintenir en vie, c'est-à-dire survivre. Le second sens du mot vivre est de conduire sa vie avec ses chances et ses risques, ses possibilités de jouissance et de souffrance, ses bonheurs et ses malheurs. La survie est nécessaire à la vie, mais une vie réduite à la survie n'est plus la vie.

C'est la première découverte que j'ai faite, à douze ans, en voyant l'existence misérable des mendiants dans *L'Opéra de quat'sous*. Plus tard et plus largement, je n'ai cessé de constater les immenses et innombrables misères humaines, où survivre dans le besoin, le dénuement, sous l'oppression et l'humiliation était sous-vivre, pire encore que survivre.

C'est là une des tragédies humaines les plus profondes et les plus universellement répandues : tant de vies consacrées et condamnées à la survie. C'est une des tâches essentielles d'une politique humaniste : créer les conditions qui donnent la possibilité non seulement de survivre, mais aussi de vivre.

Vivre, c'est pouvoir jouir des possibilités qu'offre la vie – ce que j'appris progressivement.

Je, Tu et Nous

Mon besoin essentiel, dès l'adolescence, fut la réalisation de mes aspirations propres, et en même temps le désir de vivre dans une communauté d'amour et/ou d'amitié. J'ai découvert que ce désir est universel bien qu'il y ait souvent renoncement et surtout impossibilité de le satisfaire. Il arrive, notamment dans notre civilisation, que la première aspiration, individuelle, devienne individualiste, puis égoïste, et que le Moi-Je s'impose avant toute chose. Il arrive aussi, et cela dans l'exaltation collective, que le Je s'évanouisse dans le Nous. Cela peut déterminer des dévouements et dons de soi magnifiques, procurer une joie sublime. Mais cela peut aussi entraîner une perte d'autonomie intellectuelle, ce qui se vérifie dans les paniques et les délires collectifs comme dans les cérémonies de culte au Guide omniscient.

De fait, l'aspiration à se réaliser individuellement tout en étant lié à une communauté et/ou à autrui présente un antagonisme interne potentiel et peut créer de difficiles problèmes, mais elle demeure une aspiration humaine fondamentale.

Le Je a besoin du Tu, c'est-à-dire d'une relation intime comportant reconnaissance mutuelle de la plénitude humaine de l'autre. Le Je a également besoin du Nous. Ces besoins affectifs profonds, j'ai pu commencer à y répondre en juin 1940, lorsque mon émancipation personnelle coïncida avec le désastre national.

Ainsi suis-je devenu moi-même à Toulouse, intégré à la fraternité des étudiants réfugiés et capable de prendre mes premières responsabilités personnelles au Centre d'accueil de ces étudiants. La Résistance a été comme la confirmation majeure. Je suis devenu un adulte responsable à vingt-deux ans, indissociablement de la fraternité qui me liait à mes compagnons et de l'amour que je vivais avec ma compagne Violette.

Des grands moments de ma vie

Ces grands moments sont ceux où j'ai été au meilleur de moi-même en étant lié communautairement et amoureusement. J'ai vécu dans la communauté de la rue Saint-Benoît de 1945 à 1947. Cela commença par l'accueil qui nous a été fait, à Violette et moi, chez Marguerite Duras, à notre retour d'Allemagne. Y logeait aussi, sa convalescence terminée, son mari Robert Antelme, avec qui elle n'avait plus de relation physique mais qu'elle aimait d'un amour intensifié par la déportation et son retour miraculeux. Dionys Mascolo, son compagnon, devenu le meilleur ami de Robert, était présent au déjeuner et au dîner et restait souvent la nuit chez Marguerite. J'aimais chacun des trois et j'aimais leur trinité aimante ; nous nous séparions difficilement.

L'après-midi, vers 17 heures, Robert et moi allions chez Gallimard où Dionys était responsable des traductions. Nous montions l'escalier majestueux puis repartions tous les trois pour L'Espérance, le café voisin, où nous n'arrêtions pas de discuter. Nous parlions de tout, nous nous faisions découvrir nos auteurs, poètes et musiciens préférés. Le soir, nous sortions ensemble au Petit Saint-Benoît, au Flore, au Tabou où Boris Vian jouait de la trompette, au Vieux Colombier où nous écoutions les frères Jacques, Juliette Gréco ou le troubadour Jacques Douai qui chantait « Les petits pavés » et « L'amour de moy ».

Marguerite, à la fois hôtesse et cuisinière, faisait des déjeuners franco-vietnamiens et des dîners de fête où elle réunissait les Queneau, les Merleau-Ponty, les René Clément, Georges Bataille. Nous chantions, dansions. L'après-midi, des amis et connaissances passaient librement pour discuter et ceux qui venaient régulièrement ont formé ce qu'on a appelé plus tard le « groupe de la rue Saint-Benoît ».

Mais l'état de grâce cessa lorsque Marguerite et Violette se trouvèrent simultanément enceintes, ce qui nous contraignit à quitter la rue Saint-Benoît pour louer un appartement à Vanves, derrière le parc des Expositions. Le lien d'amour dura mais la communauté avait cessé, et plus tard des distances puis des dissensions survinrent, qui disloquèrent la trinité et affectèrent diversement mon lien avec chacun. Je pus néanmoins retrouver dans ses dernières années

Dionys, qui m'avait ébloui dès la première rencontre et me resta cher jusqu'à la fin. De même je chéris le souvenir de Marguerite et celui de Robert. Ils sont tous trois toujours présents en moi et reviennent dans mes pensées et mes rêves.

J'ai vécu une autre communauté heureuse à La Jolla, en Californie, entre 1969 et 1970, dans la grande villa au bord de l'océan que m'avait réservée l'Institut Salk de recherches biologiques, villa où Johanne et moi avons hébergé notre quasi-sœur Alanys, issue de la tribu des Abénaquis du Québec, mes filles, mon père et ma tante Corinne, dans une intercompréhension enfin trouvée.

Nous étions très chaleureusement liés à John et Chantal Hunt, Jacques Monod, Jonas Salk, Françoise Gilot, tout un cercle amical où le joint circulait de main en main, de lèvres en lèvres.

Nous nous retrouvions sans cesse pour des fêtes, des dîners, des spectacles, dont un inoubliable concert de Janis Joplin. Nous participions à de gigantesques rassemblements en plein air autour de groupes de rock. Dans une sono assourdissante, nous vivions l'exaltation collective et les évanouissements d'overdose.

Je faisais des plongées heureuses dans l'univers hippie des communautés adolescentes pour qui les mots *love* et *peace* semblaient devoir exorciser tout le mal du monde et annoncer l'ère nouvelle du Verseau.

À Larkspur, près de San Francisco, je retrouvais Hélène, ma sœur de Toulouse. Sa maison était ouverte et accueillante à tous. La chronologie avait disparu du temps, les montres étaient proscrites et les activités étaient réglées selon la course du soleil.

Une civilisation voulait naître et allait mourir, mais en semant à l'université de Berkeley les germes d'une aspiration et d'une révolte qui suscita les rébellions étudiantes de 1968 dans le monde. Je vivais ce millénarisme candide avec d'autant plus de ferveur que je savais qu'aucune de ses espérances ne serait réalisée[1].

Le matin, j'allais à mon bureau à l'Institut Salk, où je lisais les documents et rapports des biologistes, et découvrais des auteurs qui allaient contribuer à ma nouvelle formation sur les complexités, Ashby, Wiener, Bateson et surtout von Foerster. Je quittais le bureau pour aller me jeter sous les hautes vagues de l'océan, j'en sortais pour le déjeuner préparé par Johanne, puis nous partions pour de fascinantes incursions dans le désert tout proche.

Enfin, nous rentrâmes en France par le Japon et l'Asie, gardant des amitiés chères qui ont longtemps

1. Voir mon *Journal de Californie*, Seuil, 1970.

résisté à la dispersion et dont certaines sont restées pour la vie.

Je veux aussi me souvenir de la très chaude et harmonieuse communauté chez Xavier Bueno à Caldine en Toscane, non loin de Fiesole, parmi les vignes et les oliviers, avec son fils Raffaele et sa compagne Eva. Chien, chat, oies et corbeaux y mangeaient fraternellement à la même mangeoire.

Nous y étions si heureux Edwige et moi que nous avions décidé de nous installer pour y vivre à partir de l'été 1979. Mais Xavier mourut cet été-là. Nous avons vécu la saison dans une communauté resserrée par le souvenir constant de notre ami.

Il y eut aussi les communautés des étés d'Hammamet et de l'Argentario avec Michèle et Jean Daniel, Doune et Jean Ceresa, Évelyne et André Burguière…

Les grands bonheurs n'ont qu'un temps.

Leur souvenir ne m'emplit pas seulement de nostalgie, mais aussi d'une douce et triste joie.

L'état poétique et le bonheur

Toutes ces périodes de bonheur comportaient une dimension poétique.

Si l'aspiration à se réaliser individuellement tout en

étant inséré dans une communauté est la première grande aspiration humaine, la deuxième est celle d'une vie poétique.

J'ai découvert le mot qui pour moi porte une des grandes vérités de ma vie : poésie. Non pas seulement poésie des poèmes mais, comme l'a énoncé et annoncé le surréalisme, poésie de la vie. Ma conscience de la qualité poétique de la vie date je crois du Festival de poésie de Struga, alors yougoslave ; j'y ai donné une conférence qui s'est cristallisée dans mon livre *Amour, poésie, sagesse*[1].

Pourquoi poésie et non bonheur ? Ces termes se renvoient l'un à l'autre. L'état poétique donne le sentiment du bonheur, le bonheur a en lui-même la qualité poétique. Et, pour moi, l'état poétique est sous-jacent à tout bonheur, il est au cœur de tous les bonheurs, fugitifs ou durables.

Ce que j'appelle l'état poétique, c'est cet état d'émotion devant ce qui nous semble beau ou/et aimable, non seulement dans l'art, mais également dans le monde et dans les expériences de nos vies, dans nos rencontres. L'émotion poétique nous ouvre, nous dilate, nous enchante. C'est un état second de transe qui peut être très douce, dans un échange

1. Seuil, 1997.

de sourires, la contemplation d'un visage ou d'un paysage, très vive dans le rire, très ample dans les moments de bonheur, très intense dans la fête, la communion collective, la danse, la musique, et particulièrement ardente, enivrante, exaltante dans l'état amoureux partagé. L'émotion poétique, dans l'exaltation suprême, peut arriver à l'extase, la sensation de se perdre tout en se retrouvant dans un ravissement ou une communion sublime.

L'état poétique commence-t-il avec les sourires des bébés, les ris et les jeux des enfants ? Il est en tout cas très inégalement présent selon les caractères ou tempéraments. Les malheurs, les efforts pour survivre, le travail pénible et sans intérêt, l'obsession du gain, la froideur du calcul et de la rationalité abstraite, tout cela contribue à la domination de la prose (avec tout ce que ce terme comporte de banalité, d'inintérêt et d'ennui) dans les vies quotidiennes. Mais même alors, quelques échappées poétiques surviennent dans la plupart des vies.

Je ne confonds pas prose et malheur : dans la prose, il y a l'absence de joie ; dans le malheur, il y a présence de la souffrance. Ceux qui subissent le malheur, les emprisonnés, les exclus, les misérables, sont également condamnés à la prose, même s'ils connaissent parfois des instants fugitifs de poésie.

J'ai pu constater, au fil des années, l'invasion progressive d'une prose spécifique à notre civilisation. J'ai vu disparaître la convivialité de mon adolescence au cours des années d'après-guerre. Les relations cordiales entre voisins, les conversations sur le zinc du bistro, dans le métro, les attroupements de badauds, ont été réduits à l'extrême. La disparition des concierges, des poinçonneurs et chefs de gare du métro, des préposés aux voyageurs dans les bus, la raréfaction des salutations aux voisins d'immeuble, l'anonymat croissant, la précipitation, la nervosité des automobilistes, tout cela a prosaïsé ma ville et ma vie, jusqu'à ce que je prenne la décision, avec Sabah, de quitter Paris pour une ville du Sud dont le centre historique est piétonnier et où j'ai retrouvé une convivialité perdue.

La dégradation de la qualité de la vie résulte du primat du quantitatif dans l'organisation et la conduite de notre société, donc de nos vies, où le calcul traite comme objet mesurable tout ce qui est humain et, aveugle à tout ce qui est individuel, subjectif et passionnel, ne voit que PIB, statistiques, sondages, croissance économique.

Je pense, à la suite d'Ivan Illich, que la convivialité est un élément capital de la qualité de vie, qu'elle est poétisante, et qu'elle permet de répondre dans le quotidien au besoin de reconnaissance que nous avons tous et qui trouve une première satisfaction dans le bonjour que nous adressent des inconnus de rencontre.

Enfant, j'ai vécu des moments de poésie dans les étreintes avec ma mère, dans les jeux, puis dans mes premières lectures, celles des aventures d'un poilu de treize ans ou des « Pieds Nickelés » dans *L'Épatant*, celles des romans de la comtesse de Ségur, ou dans l'attrait érotique pour les croupes de chevaux ou de femmes, ainsi que pour le personnage de la publicité de la ouate thermogène, marchant nu avec de la ouate sur la poitrine et crachant du feu.

Cela pour dire que la poésie commence avec la vie ; elle éclot dès qu'apparaît ce que nous nommons « joie de vivre », celle qui fait sourire ou rire le bébé, gambader les chiens, s'étirer les chats, jouer les jeunes mammifères à des mordillages ou des combats simulés, ce que nous faisons nous-mêmes avec joie dans l'enfance, l'adolescence et même l'âge adulte : quel plaisir de se battre pour le plaisir !

Mes expériences poétiques

Il y a celles qui relèvent des émerveillements aux spectacles naturels, que beaucoup ressentent, mais pas inévitablement. Je me souviens de ce témoignage d'un proche de Lénine exilé en Suisse, racontant qu'après une ascension, arrivé au sommet devant un admirable paysage, le révolutionnaire s'était écrié avec irritation : « Ah ! ces sociaux-démocrates ! »

Il y a la poésie de la poésie qui me revient souvent à réciter, celle des romans et des films qui envahissent l'esprit en nous plongeant dans un état second. Ainsi en est-il de Tolstoï et de Dostoïevski.

J'ai ressenti une presque extase au Louvre devant la *Petite danseuse* de Degas, ainsi que je l'évoque dans mes souvenirs[1]. J'ai vécu d'intenses extases musicales, et l'extase suprême à la première écoute du premier mouvement de la *Neuvième symphonie* de Beethoven, salle Gaveau, quand j'avais treize ou quatorze ans. Et je suis à nouveau en transe dès que commence ce mouvement.

Les périodes de vie poétique, on y aspire ardemment mais elles arrivent d'elles-mêmes, sans qu'on les ait

1. *Les souvenirs viennent à ma rencontre*, Fayard, 2019.

appelées ou qu'on puisse les prévoir. Il ne suffit pas de désirer la poésie des grands bonheurs pour la trouver ; il faut une conjonction d'événements et de situations bénéfiques, comme une heureuse conjonction de planètes en astrologie. Alors harmonie, sérénité, intensité s'y confondent de façon ineffable.

Oui, ces bonheurs sont possibles, ils peuvent être plus ou moins rares, mais ils sont l'essentiel de nos vies.

Et pourtant, ils disparaissent. Les liens se relâchent, puis se rompent. De la rue Saint-Benoît à Caldine, partout où il y a eu communauté merveilleuse, j'ai vu ces liens indissociables se dissocier, j'ai vu succéder à l'amour qui semblait inaltérable l'indifférence et parfois l'hostilité. J'ai vu et vécu l'irrésistible dispersion de ceux qui s'entr'aimaient, dérivant les uns des autres – une dispersion anticipatrice de la dispersion finale de toute vie.

La poésie suprême est celle de l'amour. Elle éclot des visages, des regards, des sourires. Elle peut jaillir de regards qui se croisant soudain électrisent tout l'être. Elle émane de l'être aimé, et quand l'autre cesse d'inspirer poésie, c'est la fin de l'amour. La poésie culmine en extase convulsive dans le coït. Et lorsqu'il y a vraiment amour, il n'y a pas tristesse mais plutôt tendresse postcoïtale. Chaque femme aimée, épousée ou non, m'a apporté sa poésie, et la poésie d'amour n'a cessé de nourrir ma vie.

Mais il y a aussi les extases noires, les extases démentes des abîmes de l'Éros où j'ai plongé en deux expériences, dans lesquelles les délires deviennent délices, l'obscène devient sacré.

Les petits bonheurs

Il faut que j'évoque aussi ces moments fugitifs de bouffées de poésie heureuse qui nous saisissent quasiment de rien, parce qu'on marche, et que le corps nous dit sa joie de fonctionner comme une bonne machine. La poésie s'intensifie quand la marche a lieu sous le soleil d'hiver ou une belle pluie de printemps. J'ai eu un instant de joie poétique à voir dans la rue, à un arrêt d'autobus, le visage éclairé par un merveilleux sourire d'une jeune fille en train de lire une lettre. J'ai souvent trouvé la poésie dans la rue, dans un marché, un restaurant, et surtout en contemplant dans le métro des visages féminins, jeunes, mûrs ou âgés, au mystère insondable[1].

1. On peut comprendre mon sentiment en lisant mes *Poésies du métropolitain*, recueil de poèmes écrits à vingt-huit ans, paru en 2018 chez Descartes & Cie.

Innombrables sont les petits bonheurs poétiques : à déguster le beaujolais nouveau de la maison Chermette, à crier au stade lorsque mon équipe marque un but, à donner un bout de pain à une mouette qui vient le happer sur mon balcon, à lire ou écouter des blagues, à préparer mon gratin d'aubergines…

Les extases de l'histoire

J'en viens maintenant aux moments historiques qui m'ont donné ce sentiment éminemment poétique qu'est l'enthousiasme. Dans mon adolescence, j'ai vécu la grève générale de juin 1936 comme une grande vague de fraternité et d'espoir. La fraternisation fut effective, mais l'espoir illusoire.

Je veux surtout évoquer ce que j'ai appelé les extases de l'histoire, moments extraordinaires, rares et fugitifs, d'émancipation, de liberté, de fraternité, comme le fut pour moi et tant d'autres, après une semaine intense d'insurrection, la libération de Paris. Dans la nuit du 24 août 1944, toutes les cloches des églises se mirent à sonner tandis que les immeubles occupés par les services allemands étaient en flammes. Nous étions, mes camarades du MNPGD et moi, sur la terrasse dominant la Maison du prisonnier, place de Clichy, que nous occupions depuis le début de l'insurrection. Une rumeur parvint jusqu'à nous : les chars Leclerc sont arrivés à l'Hôtel de Ville. Nous nous y rendons tandis qu'arrive l'aurore, et nous y trouvons les chars de la 9e compagnie de la division Leclerc avec leurs combattants épuisés, heureux, que nous remercions avec des pleurs de joie.

Puis le 26 août, c'est le grand défilé de l'Étoile à l'Hôtel de Ville, conduit par de Gaulle et les membres du Conseil national de la Résistance, suivis par les FFI à pied ou en voiture, et par une foule immense. J'étais présent, debout, portant le drapeau tricolore dans une voiture au toit découvert conduite par Georges Beauchamp, avec Violette, Marguerite, Dionys. La liesse fut soudain interrompue par des coups de feu tirés sur le cortège qui, au carrefour pas encore Roosevelt, se disloqua en partie, tandis que notre voiture fonçait, toujours drapeau au vent, sous les balles tirées des toits, applaudie par les Parisiens massés sous les auvents des grands magasins du boulevard Haussmann.

J'étais aussi au rendez-vous de l'Histoire à Lisbonne, en avril 1974, peu de jours après la chute de la dictature, dans l'euphorie première de la révolution des Œillets, auprès d'amis chers. Puis les conflits intérieurs faillirent détourner la révolution en démocratie populaire.

C'est seulement par procuration, via la télévision, que j'ai vécu l'ivresse de liberté que fut le franchissement du mur de Berlin, le 9 novembre 1989, par des centaines de milliers d'Allemands de l'Est, aussitôt suivi par les fraternisations avec ceux de l'Ouest. Je fus profondément remué par le moment sublime où Rostropovitch joua Bach au violoncelle au pied du Mur pacifié. À Moscou, où je me rendis à diverses reprises entre 1989 et 1991, durant la perestroïka et la glasnost, j'ai senti souffler la liberté un temps, avant la rechute.

J'aime aussi les émotions collectives d'un match de football ou de rugby. J'aime le quasi-coït au moment du ballon entrant dans les filets, suscitant la transe frénétique du buteur et de ses coéquipiers en même temps que la joie délirante des supporters qui me saisit également. Depuis des décennies, je ne suis les matchs qu'à la télévision, mais je me scotche au Tournoi des Six Nations du rugby et surtout à la Coupe du monde de foot. Et dans les deux cas où la France fut victorieuse, j'ai vécu l'extase collective où pendant quelques heures nous sommes devenus tous frères.

Mais il y a un danger dans l'état poétique dont le caractère mystique peut devenir non seulement mythique mais maléfique.

Aussi la poésie de communion peut être noire et malfaisante, comme dans les grands rassemblements nazis de Nuremberg où l'amour du Führer et de la Nation est indissocié de l'orgueil débile de la pseudo-supériorité aryenne. Il y a poésie noire dans la joie sadique de celui qui torture et humilie.

L'état de poésie dégénère lorsqu'il exclut, lorsqu'il se referme dans une jouissance égoïste, et surtout lorsqu'il s'accompagne de haine et de mépris. C'est dire que l'état véritablement poétique, celui qui épanouit, ne saurait être fermé. Il nourrit sa poésie de l'ouverture, ouverture à autrui, ouverture au monde, ouverture à la vie, ouverture à l'humanité.

Le besoin de reconnaissance

Je ne sais plus quand j'ai clairement perçu qu'au-delà de la satisfaction de ses besoins matériels (se nourrir, se vêtir, avoir des ressources financières, assurer sa protection), l'être humain ressent un besoin essentiel, de caractère universel, que j'ai moi-même ressenti personnellement, et constaté dans mes relations avec autrui : le besoin ou désir de reconnaissance. Hegel a le premier conçu ce désir à partir de sa dialectique du maître et de l'esclave, et plus largement dans l'idée que « la conscience de soi ne parvient à la satisfaction que dans une autre conscience de soi ».

Le mépris, l'indifférence, l'arrogance de classe, de race, de hiérarchie, sont des fléaux de civilisation qui, en imposant l'humiliation, empêchent ceux qui la subissent d'être reconnus dans leur pleine qualité humaine. Les asservis, les exploités ressentent d'autant plus leur besoin de reconnaissance qu'ils sont traités en sous-humains ou en objets. Axel Honneth, dans *La Lutte pour la reconnaissance*[1], interprète à partir de Hegel les conflits humains dans la perspective d'une « demande de reconnaissance ».

À cette aune, il apparaît que bien des protestations, colères et révoltes populaires, comme le mouvement des Gilets jaunes, comportent chez leurs participants, pas uniquement certes, mais incontestablement, le besoin d'être reconnus dans leur pleine qualité humaine – ce qu'on appelle dignité.

Ce besoin de reconnaissance se manifeste de façon spécifique dans l'amitié ou l'amour. Être aimé, c'est être considéré comme être aimable ; être admiré, c'est être reconnu comme bonne et belle personne.

1. Cerf, 2000.

Être estimé satisfait le besoin d'estime de soi, dont la reconnaissance par autrui est le pilier.

Le bonjour traditionnel à un inconnu ou à un voisin est un signe élémentaire de reconnaissance : « Tu existes, je te reconnais comme être humain », alors que la disparition de ce salut dans l'anonymat est une dégradation de notre aptitude à la reconnaissance d'autrui.

Les hommes et les femmes traités uniquement comme objets statistiques cessent d'être reconnus comme êtres humains. On peut même dire que le primat du quantitatif des technocrates et des éconocrates, qui dissolvent l'humanité des humains dans les chiffres, ne fait que surexciter le besoin anthropologique de reconnaissance.

Le Savoir Vivre associe l'aspiration à la « vraie vie », le besoin de réaliser ses aspirations personnelles dans la relation permanente entre le Je et le Nous, la qualité poétique de la vie, la satisfaction du désir de reconnaissance. Il n'existe pas de recette du Savoir Vivre, comme il n'y a pas de recette du bonheur. Mais il est parfois des exemples. Et l'aspiration au Savoir Vivre est plus ou moins consciente en chacun de nous.

Que faire de nos vies sinon entretenir sans relâche le Savoir Vivre ?

4

La complexité humaine

Je n'ai reçu de mon père aucune culture, aucune conviction religieuse, politique ou éthique.

Je cherchais donc tout seul, au cours des crises, des orages, du tumulte, du chaos, des délires des années 1930-1940 qui sont celles de mon adolescence, les réponses à mes curiosités sur la vie, le monde, la société, les événements. J'ai été amené à m'interroger sur tout, et de plus en plus sur la politique et la société. Les événements surprenants, alarmants et effrayants de la période stimulaient mes interrogations. En dix ans, j'ai vécu une succession de bouleversements historiques. Comment interpréter le cours tourmenté de l'histoire que nous vivions ? Comment agir ? Comment réagir ?

La condition humaine

J'étais, sans les connaître encore, spontanément animé par les questions fondamentales posées par Kant : Que puis-je connaître ? Que dois-je faire ? Que m'est-il permis d'espérer[1] ?

Elles étaient sans cesse stimulées et intensifiées par les événements de plus en plus menaçants qui précédèrent la guerre.

J'ai été porté à m'interroger sur l'Histoire et la condition humaine, non seulement sous la pression d'événements qui semblaient échapper à toute rationalité, mais aussi sous l'influence de mon ami Georges Delboy, rencontré au sein des réunions d'étudiants frontistes, et fortement influencé par son professeur de philosophie marxiste, René Maublanc. Delboy me convainquait que seule une pensée comme celle de Marx, fondée à la fois sur la philosophie, la science, la sociologie, l'économie, l'histoire, la politique, réunissant en elle les savoirs dispersés et compartimentés entre disciplines, pourrait nous amener à une connaissance adéquate des problèmes humains.

La guerre fut déclarée l'année même où j'entrai à

1. Voir Kant, *Logique*, 1800.

l'université. Elle anéantit tous mes espoirs politiques, cependant qu'elle m'incitait à étudier, non pour faire carrière, mais pour connaître les réalités humaines. J'avais compris que, en préalable à toute croyance et à toute espérance, il y a, comme l'avait énoncé Kant, la nécessité de savoir ce qu'est l'homme. Aussi, dès cette époque, je décidai de l'orientation et de la vocation de toute ma vie. Comme les connaissances sur les réalités humaines sont séparées et cloisonnées en disciplines, je m'inscrivis à la faculté des lettres pour la licence en philosophie (qui comportait en son programme la sociologie et la psychologie) et la licence d'histoire et géographie, à la faculté de droit pour les sciences économiques, et à l'École des sciences politiques. Mon exil à Toulouse en juin 1940 m'obligea à abandonner Sciences Po. Je restai néanmoins inconsciemment engagé dans la recherche d'une anthropologie complexe. La pensée de Marx me guida, notamment celle des *Manuscrits économico-philosophiques*, où il avance que sciences de la nature et sciences de l'homme doivent s'entre-embrasser.

J'étais alors convaincu que les infrastructures des sociétés humaines sont matérielles et économiques et que les idées, mythes ou croyances ne sont que superstructures dépendantes.

Puissance du mythe

C'est huit ans plus tard, durant la crise de ma rupture subjective avec le stalinisme, que j'écrivis *L'Homme et la Mort*. Je découvrais que le mythe, la religion, les idéologies, constituent une réalité humaine et sociale aussi importante que les processus économiques et les conflits de classes, ce qui me fit abandonner la conception marxiste rationalisant l'histoire humaine à partir de l'infrastructure économique. J'ai perçu, à travers le caractère extrêmement divers mais universel des croyances en une vie après la mort (survie, renaissance, résurrection, paradis…), que l'imaginaire est partie constitutive de la réalité humaine.

En m'interrogeant sur notre condition mortelle, deux paradoxes sont apparus. Le premier est que, dès Néandertal, la conscience humaine reconnaît pleinement la réalité de la mort qui est perte de toute activité cardiaque et mentale, rigidité cadavérique, décomposition irrémédiable du corps. Et pourtant, cette reconnaissance empirique de la mort est surmontée dans la croyance, et cela aussi dès Néandertal, soit en une survie sous forme de spectre ou de fantôme, soit en une renaissance sous forme humaine ou animale. Et la mort sera plus tard, dans l'Empire romain, puis en Arabie, surmontée dans la résurrection promise par les deux grandes religions de salut que sont le christianisme et l'islam.

Le second paradoxe est qu'en toutes civilisations l'horreur de la mort, si profondément ancrée dans la conscience humaine, a pu être dominée par le risque volontaire de mort, voire le sacrifice de sa propre vie, pour ses enfants, pour sa famille, pour sa patrie, pour sa religion.

Homo sapiens demens

Quand, après mes diverses expériences intellectuelles et vécues, j'ai abordé de front l'anthropologie dans mon livre *Le Paradigme perdu : la nature humaine*, ce sont toutes les folies politiques, sociales, guerrières, tant individuelles que collectives, que j'avais constatées avant guerre, pendant la guerre et durant la guerre froide, qui m'ont incité à associer de façon à la fois antagoniste et indissoluble *Homo demens* à *Homo sapiens*.

Ce qui me permettait cette association des contraires, c'était ma conscience des contradictions humaines, formulées admirablement et définitivement par Pascal, devenu une de mes sources permanentes. Cette conscience que la pensée doit affronter et non éliminer la contradiction, je la trouvais aussi chez Hegel, et plus fondamentalement chez Héraclite qui écrit : « Concorde et discorde sont père et mère de toutes choses » et « Ce qui est contraire est utile, et c'est de ce qui est en lutte que naît la plus belle harmonie ».

La complexité humaine s'exprime par une série de bipolarités :

— *Homo sapiens* (raisonnable, sage) est aussi *Homo demens* (fou, délirant) ;

— *Homo faber* (créateur d'outils, technicien, constructeur) est aussi *Homo fidelis* ou *religionis*, *mythologicus* (croyant, crédule, religieux, mythologique) ;

— *Homo œconomicus* voué à son profit personnel est également insuffisant et doit faire place à *Homo ludens* (joueur) et à *Homo liber* (pratiquant des activités gratuites).

En somme, le substrat de rationalité qui se trouve dans *sapiens*, *faber*, *œconomicus*, ne constitue qu'un pôle de ce qui est humain (individu, société, histoire), tandis qu'apparaît en importance pour le moins égale la passion, la foi, le mythe, l'illusion, le délire, le jeu.

Et du coup, je peux concevoir que la folie n'est pas seulement celle des malheureux qu'on enferme, mais aussi celle des colères, véritables accès de démence temporaires. La folie de l'hubris ou démesure, celle des ambitions insatiables et sans terme, caractérisent non seulement des individus avides de pouvoir et de richesses, mais aussi des États – et je dirais la civilisation occidentale elle-même, obstinée à la chimérique maîtrise de la Terre.

Pour concevoir l'Histoire, il faudrait faire copuler Marx et Shakespeare. Je crois que Florio, cet Italien d'origine juive converti et émigré en Angleterre, a été l'inspirateur du nihilisme des tragédies de Shakespeare, pour qui tout Salut est absent.

C'est plus tard que j'ai compris cet autre aspect paradoxal de *sapiens* : la raison froide, celle du calcul, des statistiques, de l'économie, est inhumaine dans le sens où elle est aveugle aux sentiments, aux passions, au bonheur, au malheur, à tout ce qui constitue notre être même.

Une raison pure et glacée est à la fois inhumaine et déraisonnable. Aussi vivre est-il un art incertain et difficile où tout ce qui est passion, pour ne pas succomber à l'égarement, doit être surveillé par la raison, où toute raison doit être animée par une passion, à commencer par la passion de connaître.

La grande leçon que j'en ai tirée est que toute passion doit comporter de la raison en veilleuse, et que toute raison doit comporter de la passion en combustible.

Mon cheminement vers une connaissance complexe de l'humain m'a amené à l'ultime question inéluctable : qu'est-ce que la connaissance humaine peut connaître de l'homme lui-même ?

J'ai perçu les carences de notre mode de connaissance dominant fondé sur la disjonction (de ce qui est lié) et la réduction (d'un tout à ses éléments constitutifs), d'où les difficultés de connaissance que je traite au dernier chapitre.

Enfin, j'ai perçu qu'une des grandes inconnues de la connaissance était la connaissance elle-même.

Homo edgarus

Je n'ai pu ni voulu échapper à la multipolarité humaine, mais j'ai essayé d'intégrer en moi autant que possible la rationalité et de la lier à ce qui lui échappe, la poésie de la vie, laquelle comporte la passion. Je n'ai pu échapper à des accès de colère ni à des accès déments d'Éros.

Je suis *faber*, petitement en tant que bricoleur, grandement en tant qu'architecte de mon œuvre, et notamment de la pensée complexe.

Je suis *religionis*, j'ai eu pendant cinq ans la foi dans le salut terrestre par le communisme, mais je garde la religion de la fraternité et de la Terre-Patrie.

Je suis *œconomicus*, j'ai gagné ma vie par mon salaire de chercheur et par mes droits d'auteur, mais un *œconomicus* qui n'a jamais aimé l'argent, car j'ai tôt dilapidé mes acquis et me retrouve dénudé au soir de ma vie.

Je suis *ludens*, j'adore jouer, plaisanter, blaguer, j'adore les grands matchs de football ou de rugby, et je suis *liber* en me consacrant souvent à des activités gratuites.

Et si j'en viens à l'ultime bipolarité, prose/poésie, j'essaie autant que je peux d'échapper à la prose qu'imposent les obligations mais aussi les contraintes de ma vie et de ma civilisation. J'aime accéder à des états poétiques même éphémères, comme la petite promenade de ce début d'après-midi au soleil qui inondait la rue du Plan-du-Palais, à Montpellier.

Aussi, j'ai diagnostiqué en moi quatre démons (au sens grec du terme) qui semblent à la fois vous posséder de l'extérieur et vous inspirer de l'intérieur. Ils sont antagonistes et complémentaires, ils ont fait de moi qui je suis et ils le font sans cesse : raison/religion/scepticisme/mysticisme.

J'ai parlé de la raison nécessaire et insuffisante, j'ai parlé de ma religion de l'amour et de la fraternité. J'ai évoqué mon nihilisme enfantin devenu ensuite scepticisme, actif même au cœur de la religion. Quant au mysticisme, c'est celui des émerveillements que je ressens dans les émotions poétiques de ma vie.

Juvénilisation et inachèvement

À l'époque de la revue *Arguments*, avant la rédaction du *Paradigme*, je fus frappé par la théorie de Bolk, selon laquelle l'homme serait un primate ayant conservé un caractère fœtal, à la différence des singes : pas de système pileux sur le corps, le visage droit et non allongé en museau, le prépuce enveloppant le gland. Sur le plan psychologique et affectif, l'homme adulte peut conserver les curiosités de l'enfant et les aspirations de l'adolescent, ainsi que les forts sentiments d'affection pour les parents et amis. D'où l'idée que le processus de l'hominisation fut un processus de juvénilisation en même temps que de bipédisation, de cérébralisation, de manualisation.

D'où aussi l'idée d'inachèvement lié à l'humanisation. L'inachèvement crée un sentiment de manque, d'absence, un besoin d'amour et de ferveur, une aspiration à l'absolu. Heidegger a diagnostiqué cette quête d'absolu dans l'angoisse propre à l'être que nous sommes, à qui il manque et manquera toujours quelque chose.

L'inconstance et la versatilité humaine

Les relations entre *sapiens*, *demens*, *faber*, *mythologicus*, *œconomicus*, *ludens* et *liber* peuvent être en chaque individu flexibles et changeantes.

D'où les inconstances de tant d'entre nous, capables du pire et du meilleur, compréhensifs dans certains cas, obtus et insensibles en d'autres, alternativement bons et méchants, à la fois idéalistes et cyniques. Les relations entre rationalité/passion/délire/foi/mythe/religion sont en chacun permutables, instables et modifiables. L'humain n'est ni bon ni mauvais, il est complexe et versatile.

Il faut aussi compter avec les évolutions et les transformations. Chacun évolue depuis l'enfance, sous l'effet des circonstances, des influences, des expériences, y compris dans l'âge adulte et la vieillesse.

Et il faut enfin compter avec les dérives et les conversions, à l'échelle individuelle comme à celle d'une nation.

Innombrables sont les dérives provoquées par les bouleversements historiques, qui eux-mêmes bouleversent les esprits et les égarent. Parmi les multiples dérives que j'ai pu observer, j'ai vu l'Assemblée nationale du Front populaire voter les pleins pouvoirs au maréchal Pétain. J'ai vu des pacifistes de gauche dériver vers Vichy, puis collaborer non plus à une *pax germanica* (en 1940 et début 1941), mais à la guerre allemande et au nazisme. J'ai vu dériver des socialistes vers une Europe nazie qu'ils pensaient devenir socialiste. J'ai vu le leader communiste Doriot devenir nazi et mourir sous l'uniforme de la Waffen SS. J'ai vu en Allemagne, dans les années 1930, des masses antifascistes passer au fascisme et, plus tard en Italie, des masses fascistes passer à l'antifascisme. J'ai vu des communistes animés par la plus belle idéologie fraternelle devenir inhumains et cruels. J'ai vu des intellectuels, au premier chef desquels l'apôtre du rationalisme Julien Benda, justifier les procès truqués et déments de l'ère stalinienne. J'ai vu Dominique Desanti, petite chatte mutine, devenir tigresse impitoyable et écrire le livre vil et stupide *Masques et visages de Tito et les siens*. J'ai vu le sceptique et subtil Pierre Courtade comme l'immense Pierre Hervé justifier dans des termes abjects des procès eux-mêmes abjects. J'ai vu le bon André Mandouze légitimer ainsi les assassinats et calomnies du FLN contre les messalistes : « Que veux-tu, on ne fait pas d'omelettes sans casser des œufs. » Je vois actuellement des dérives intellectuelles étonnantes et nous en verrons d'autres…

Les transformations avec l'âge et l'expérience ne sont pas nécessairement des conquêtes de lucidité. Ainsi, tant de communistes, maoïstes, trotskistes désabusés se sont convertis au nationalisme xénophobe ou à la religion de leur enfance. En ce qui me concerne, tout en gardant mes aspirations de jeunesse, tout en rejetant à jamais les logiques sectaires, je me suis converti à l'autonomie politique totale.

Il y a enfin ce phénomène étonnant qui renverse une conviction en son contraire : l'illumination. C'est ce qui est arrivé à Saül devenant Paul sur le chemin de Damas, c'est ce qui est arrivé à Augustin incroyant débauché devenant modèle de foi et de piété, c'est ce qui est arrivé à Paul Claudel aux offices de Noël 1886 à Notre-Dame, où l'athée fut illuminé par la grâce : « En un instant mon cœur fut touché et je crus. » De même Charles Péguy et Ernest Psichari, petit-fils de Renan, se convertirent-ils au début du XXe siècle. Plus tard, d'autres comme Paul Éluard se convertirent-ils au communisme pour échapper au nihilisme (« S'il n'y avait pas le Parti j'ouvrirais le robinet à gaz »).

Le cheminement de l'esprit souterrain

Il y eut sans doute des conversions progressives mais longtemps invisibles à autrui et peut-être à soi-même, dues à un cheminement souterrain de l'esprit. Ce fut le cas du jeune Juan Carlos, élevé dans le franquisme intégriste et qui, accédant au trône, devint le garant de la démocratie espagnole. Ce fut le cas de Mikhaïl Gorbatchev, secrétaire général du PCUS, apparatchik en chef, qui se changea en humaniste européen et planétaire, fils sans doute de l'humanisme marxien mais le dépassant. Enfin, c'est l'esprit souterrain qui a transformé l'évêque apparemment conformiste Bergoglio en pape François renouant avec le message évangélique de fraternité et devenant porte-parole de l'humanité face au péril écologique et au déchaînement mondialisé du profit.

Je dois dire que c'est pour moi une des choses les plus réconfortantes qui soient au monde de savoir qu'en des esprits apparemment conformes aux convictions qui leur ont été inculquées, politiques ou religieuses, le travail souterrain de la conscience a transfiguré des hommes qui sont devenus, tels Gorbatchev ou le pape François, des porte-parole du genre humain.

La trinité humaine

Je viens de montrer la complexité propre aux individus. Je dois rapidement indiquer que cette complexité individuelle est un des trois termes de la trinité complexe individu/société/espèce qui définit l'humain.

Dans cette trinité humaine comme dans la Sainte Trinité, chacun des termes est à la fois générateur des autres et généré par les autres. Ainsi, les individus sont générés par l'espèce et ils la génèrent dans l'union sexuelle reproductrice. Les interactions entre individus génèrent la société mais celle-ci rétroagit sur les individus qui intègrent en eux son langage et sa culture, et elle accomplit par là leur pleine humanité. Chacun des trois termes est à l'intérieur des autres. Ainsi, la société en tant que tout est à l'intérieur des individus qui sont à l'intérieur de la société, et l'espèce en tant que patrimoine héréditaire est incluse dans l'ADN de chacune de nos cellules tout en nous englobant en elle.

Nous possédons notre vie et nos gènes, mais nous sommes possédés par leur force organisatrice qui opère le fonctionnement de notre cœur, de nos poumons, de nos artères, de notre système digestif.

Nos esprits, par ailleurs, sont possédés par les mythes, religions et idéologies qui, produits de l'esprit humain, sont devenus maîtres et dominateurs et exigent adoration et sacrifices. Enfin nous sommes en état de transe et de quasi-possession dans l'amour, les enthousiasmes, la danse.

« Éveillés, ils dorment », écrit Héraclite. Dans un sens, nous sommes des somnambules superficiellement éveillés.

Je souhaite que ce chapitre incite son lecteur à faire émerger en lui la conscience des complexités humaines, si souvent masquées par les simplismes, unilatéralismes et dogmatismes.

5

Mes expériences politiques : dans le torrent du siècle

La politique a surgi dans mon esprit à treize ans, après la manifestation antiparlementaire du 6 février 1934. J'y ai vu mes camarades de classe se diviser et s'opposer parfois violemment, entre partisans des Croix-de-Feu et soutiens du front commun socialo-communiste (qui allait bientôt s'élargir avec les radicaux en Front populaire).

N'ayant aucune conviction préétablie, les opinions contraires favorisaient un scepticisme que m'avait apporté la lecture d'Anatole France.

Puis je me suis fait en ces années tourmentées ma propre culture, qui resta la base de mes idées politiques successives jusqu'à aujourd'hui. Elle intégrait d'une part la tradition humaniste française, de Montaigne à Romain Rolland en passant par Montesquieu, Voltaire, Diderot, Rousseau, Hugo, d'autre part l'humanisme russe de Tolstoï et surtout de Dostoïevski, qui comporte une sensibilité à la misère et aux tragédies humaines absente de l'humanisme occidental, et qui me donna, à jamais, l'horreur de tout ce qui offense et humilie.

Cela enracina en moi une répugnance toujours intacte face au mépris ou au rejet ethnique, religieux, racial. Ce à quoi s'allièrent étroitement les idées maîtresses de la Révolution française ainsi que les pensées socialistes.

Sans doute la conscience d'être issu d'un peuple maudit durant un millénaire, entretenue par la virulence de l'antisémitisme des années 1930-1940, fortifia en moi la compassion pour tous les maudits, vaincus, asservis, colonisés. Mais j'ai toujours voulu me situer au niveau universaliste de l'humanisme.

Les leçons de l'avant-guerre

C'est rétrospectivement, après la guerre, que j'ai pris conscience du fait que les années 1930 avaient vu, à partir de la crise économique de 1929, se former un cyclone historique gigantesque qui s'était déchaîné de 1940 à 1945 sous forme d'une guerre mondiale, faisant de cinquante à soixante-dix millions de morts, et un nombre encore plus grand de blessés, orphelins et veuves.

Pris dans la spirale cyclonique des années d'avant-guerre, mon esprit subissait un tohu-bohu mental. Démocratie, capitalisme, à ces mots porteurs d'interrogation s'ajoutèrent : socialisme, communisme, Révolution, fascisme et antifascisme, alors que l'Allemagne nazie réarmait, revendiquait et obtenait des territoires, que se tenaient les procès démentiels de Moscou, que le Front populaire accédait au pouvoir en France, que la guerre se déchaînait en Espagne[1] avec les interventions allemandes, italiennes, soviétiques. Puis il y eut les accords de Munich qui livrèrent la Tchécoslovaquie à l'Allemagne hitlérienne.

Au cours de la quête de mes vérités politiques, je sentais en moi des pulsions contradictoires. La Révolution me semblait nécessaire mais dangereuse, la réforme me semblait nécessaire mais insuffisante. Je m'étais converti au pacifisme sous l'influence des témoignages sur la guerre de 1914-1918 et ma conviction pacifiste me rendit aveugle au formidable impérialisme nazi menaçant l'Europe.

J'ai poursuivi la quête de mes vérités politiques à

1. J'étais écœuré par la répression des anarchistes et des poumistes par la République espagnole en pleine guerre, ce qui déclencha mon premier acte militant auprès de la libertaire « Solidarité internationale antifasciste ».

travers mille tâtonnements, me ralliant finalement aux chercheurs d'une troisième voie qui surmonterait la crise économique et celle de la démocratie, et surtout éviterait fascisme et stalinisme. J'adhérai en 1938 au petit Parti frontiste fondé par Gaston Bergery en 1936, qui, à la fois antifasciste et antistalinien, luttait sur deux fronts et prônait un socialisme démocratique dans le cadre national.

J'avais pris conscience de la crise de la démocratie, de l'apport critique du marxisme au capitalisme, de l'ignominie propre au nazisme et de l'ignominie propre au stalinisme – bien que cette dernière conscience dût s'affaiblir puis s'évanouir en 1942.

Je n'avais pas pris conscience du somnambulisme qui avait saisi la population, les politiques, les militaires, à quelques notables exceptions près, et qui rendit aveugle au danger essentiel de l'époque : l'effroyable montée en puissance d'une Allemagne nazie. Guidée par le mythe halluciné de sa supériorité « aryenne », elle était vouée non seulement à récupérer les territoires de langue allemande, mais surtout à conquérir son espace vital en colonisant les populations slaves.

Nous (et je m'inclus ici) n'avons pas pris conscience de la nature et de la montée du totalitarisme, qui avait débuté de façon partielle en Italie, puis avait entièrement gagné l'URSS et presque entièrement l'Allemagne nazie, où une part de l'économie demeurait privée sous contrôle étatique.

Le pacte germano-soviétique fut un coup de tonnerre totalement imprévu. Alors que les négociations piétinaient entre Soviétiques et Anglo-Français, qui refusaient que l'URSS entre en Pologne en cas d'invasion nazie, les deux puissances absolument ennemies par l'idéologie et la politique, Allemagne nazie et Union soviétique, conclurent un pacte de non-agression comportant le partage de la Pologne, la répartition des zones d'influence, la coopération économique et même la livraison des communistes allemands réfugiés en URSS aux nazis.

Quelles leçons tirer de cette expérience ? Celle de l'inconscience somnambulique propre aux époques précédant et préparant les désastres historiques. Celle des conséquences énormes des erreurs, aveuglements, illusions des dirigeants et des populations. Celle de l'incapacité générale de saisir le caractère nouveau des totalitarismes, et surtout de comprendre la volonté implacable de l'Allemagne hitlérienne de dominer et de coloniser l'Europe slave.

Cette succession d'événements inattendus est hallucinante, à commencer par la crise économique de 1929 et l'accession de Hitler au pouvoir, jusqu'au pacte germano-soviétique qui fut l'ultime et le plus stupéfiant événement de l'avant-guerre.

Les leçons de la guerre et de l'Occupation

Après le somnambulisme de la « drôle de guerre », cet état de paix dans la guerre, nous fûmes surpris par la soudaine attaque allemande du 10 mai 1940 et par l'effondrement des armées anglo-françaises. Jamais la France n'avait été aussi rapidement et totalement envahie, jamais ses armées ne s'étaient effondrées aussi rapidement et totalement. Une fois encore, l'incroyable devenait réel.

Vichy fit porter aussitôt sur le Front populaire la responsabilité du désastre, oubliant celle de l'état-major qui avait lancé les armées alliées en Belgique et en Hollande tandis que Guderian engageait ses chars à travers les Ardennes – « impénétrables » et « infranchissables » selon le maréchal Pétain –, s'emparait de Sedan et prenait à revers les troupes anglo-françaises, se ruant vers Dunkerque. Tous les dispositifs français s'effondrèrent sous les assauts de la Wehrmacht. Paul Reynaud fut remplacé par le maréchal Pétain qui demanda l'armistice le 17 juin depuis Bordeaux et l'obtint le 24 avec les conséquences que l'on connaît.

L'expérience inouïe de juin 1940 fut celle d'une France en décomposition. Non seulement l'armée se disloquait et les troupes se débandaient, mais du nord, de Paris, d'Alsace, de Lorraine, de Bretagne, du Centre, des millions de Français en voiture, charrette, à pied, déferlaient sur les routes vers le sud, parfois sous la mitraille des avions allemands. D'innombrables solidarités et d'innombrables refus de solidarité se manifestèrent. C'est une des leçons que je tirai de cette expérience : les catastrophes (et la pandémie du Covid en est une) suscitent deux comportements contraires, l'altruisme et l'égoïsme.

De mon côté, à Toulouse, j'ai alors vécu la solidarité entre étudiants réfugiés, la bienveillance généreuse du professeur Faucher organisant leur accueil, leur nourriture et leur logement.

J'allais oublier de signaler aussi un trait typique des désastres. La prolifération des rumeurs : dès les premières défaites, on affirmait que les Allemands avaient posté à l'arrière du front des espions et des saboteurs civils constituant une cinquième colonne. La chasse aux espions fit quelques innocentes victimes. Après la défaite eut lieu la diffusion spontanée des prophéties de sainte Clotilde annonçant le rétablissement victorieux de la France. D'innombrables rumeurs furent colportées sous l'Occupation, dont celle, optimiste, de l'échec du débarquement allemand en Angleterre.

Le mythe Pétain eut une force tutélaire immense, qui décrut lentement. Le vainqueur de Verdun, maréchal de France, ne pouvait que servir les intérêts de la Nation. Son image grand-paternelle était rassurante, protectrice. Il a fallu bien des abandons pour l'affaiblir. En fait, en dépit des médias qui unanimement, sous l'Occupation, prônaient la collaboration, en dépit des déclarations gaullistes à Radio Londres dénonçant la trahison, une bonne partie de l'opinion française avait forgé sa propre conception qui à la fois rassurait et justifiait l'attentisme : le pétaino-gaullisme. Pétain était le bouclier protecteur, de Gaulle l'épée libératrice. L'idée même de leur connivence circulait dans les conversations privées.

Les restrictions, notamment alimentaires, firent fleurir le marché noir. Celui-ci engendrait beaucoup de corruption, mais aussi des solidarités. Des familles paysannes (la France était encore majoritairement rurale) envoyaient à leurs parents urbains beurre, fromages, poulets, etc. Des amis s'échangeaient des services, ainsi qu'entre fournisseurs et clients. La coiffeuse Mme Blanc, à Lyon, chez qui mon père vécut un temps, lui donnait des charcuteries diverses et d'autres victuailles, cadeaux des clientes.

L'Occupation fut révélatrice de l'extraordinaire débrouillardise humaine lorsque s'installe la pénurie. Elle montra une résistance massive, souvent passive, aux vérités officielles, s'exprimant parfois par des sifflets au cinéma au passage des actualités allemandes. Une résistance massive non certes directement à l'occupant, mais à l'adversité créée par lui.

En dépit de tous les médias officiels vantant la bienveillance allemande et les victoires de la Wehrmacht, une bonne partie de l'opinion demeura hostile aux Allemands, refusant de croire à leurs victoires.

La défaite, l'Occupation, la collaboration, puis la Résistance, entraînèrent des transformations extraordinaires dans de nombreux esprits. J'ai déjà indiqué que des pacifistes de gauche acceptèrent, par horreur de la guerre, la *pax germanica*, la paix allemande. Quand cette paix disparut dans la guerre devenue mondiale, ces pacifistes originels sombrèrent dans le bellicisme pro-allemand et condamnèrent la Résistance. Joseph Darnand aurait quant à lui cherché à partir pour Londres en 1940, mais il devint en 1943 chef de la Milice, la pire forme de la collaboration. Des nationalistes antiallemands devinrent des collaborateurs pronazis. D'autres devinrent communistes ou socialistes, comme Claude Roy, Daniel Cordier, Emmanuel d'Astier de La Vigerie. Des internationalistes devinrent patriotes.

La Résistance eut ses conflits entre communistes et gaullistes, mais ils ne furent jamais aussi violents qu'en Yougoslavie. Le puissant Mouvement de libération nationale (MLN) comptait de nombreux sous-marins communistes parmi ses dirigeants, ce qui amortissait les rivalités. Il y eut également des conflits au sein du Conseil national de la Résistance, mais la Résistance fut pour beaucoup, dont pour moi, une magnifique expérience de fraternité. La Libération fut un moment sublime, mais qui eut ses scories : tonte et honte des femmes ayant couché avec des Allemands, fausses dénonciations, acharnement épuratif transformant des péchés véniels en péchés capitaux.

Leçon de la période : l'impossible est devenu l'accompli avec l'effondrement de la France en 1940, et le désespoir s'est mué en espérance à partir de décembre 1941, avec la première défaite allemande.

L'irruption inouïe de l'inattendu en histoire que fut le pacte germano-soviétique de 1939 fut, deux ans plus tard, occultée et oubliée par un autre inattendu : la résistance victorieuse de Moscou à l'armée allemande. Et je fus de ceux qui occultèrent le Pacte, voire le disculpèrent, heureux de la résistance inattendue de Moscou et de l'entrée en guerre inattendue des États-Unis après Pearl Harbor.

Ici, je dois indiquer les étonnantes circonstances qui ont conduit à la première défaite allemande devant Moscou. Tout d'abord Hitler dut retarder d'un mois son offensive en URSS, prévue en mai 1941 parce que, de façon elle-même imprévue, l'armée grecque résistait à l'agression italienne et que Mussolini demanda le secours de Hitler. L'armée allemande prit un mois pour envahir la Yougoslavie, réduire la résistance serbe, puis grecque, avant d'entrer à Athènes en avril 1941 et d'occuper la Grèce. Il lui fallut trois semaines pour reconstituer ses forces afin de pouvoir attaquer l'URSS, le 22 juin. Au cours de l'été 1941, l'armée allemande déferlant en URSS rencontra une résistance inattendue sur la route de Moscou et abandonna provisoirement cet objectif pour conquérir l'Ukraine. Quand elle reprit l'offensive sur Moscou en automne, elle fut retardée par des pluies diluviennes précoces et paralysée par un gel également précoce aux portes de Moscou. Par ailleurs, ayant appris de Sorge, son espion à Tokyo, que le Japon n'attaquerait pas la Sibérie, Staline fit transporter par le Transsibérien son armée d'Extrême-Orient, aguerrie au froid et équipée de chars T-34 et de Katioucha.

Il nomma le général Joukov, dont le génie militaire fut décisif durant cette guerre, commandant du front de Moscou. Le 5 décembre 1941, Joukov déclencha l'offensive qui refoula de deux cents kilomètres les troupes allemandes et sauva Moscou. Le 7 décembre, l'aviation japonaise attaqua Pearl Harbor et les États-Unis basculèrent dans la guerre. En deux jours le destin du monde avait changé.

La leçon à retenir de ce conflit est qu'il porta au paroxysme la barbarie de guerre et surtout la barbarie propre au nazisme. Le pays le plus cultivé d'Europe devint esclavagiste pour les populations slaves et, à partir de 1942, génocidaire pour les Juifs et les Tsiganes d'Europe.

Euphorie et désenchantement

D'immenses espoirs en un monde nouveau étaient nés dans la Résistance. Les uns souhaitaient une société démocratique et sociale équitable, les autres une société fraternelle telle qu'ils imaginaient l'URSS.

Les gouvernements de coalition d'après-guerre instaurèrent effectivement des mesures sociales. Mais le monde espéré n'advint nullement. Au contraire, l'alliance Est-Ouest se transforma en guerre froide.

Une nouvelle glaciation stalinienne s'opéra en URSS. Deux impérialismes s'affrontèrent. Ainsi sommes-nous passés de l'euphorie au désenchantement, de l'espérance à la crainte.

Dans les premières années de guerre froide, l'impérialisme américain doté d'un monopole atomique provisoire me camouflait l'impérialisme soviétique et l'emprise totalitaire qu'il exerçait sur les nations vassalisées. La suprématie américaine m'empêchait de comprendre que le système soviétique était le pire de la seconde partie du XXe siècle, tandis qu'ailleurs, parfois, la démocratie pouvait tempérer les abus du capitalisme.

Lors de mon adhésion au communisme, j'avais occulté les pires aspects de l'URSS, les croyant définitivement relégués dans le passé. Après le rapport Jdanov de 1947 condamnant toute littérature et toute culture indépendante, j'étais seulement conscient, et critique, de la crétinisation culturelle imposée sur l'ordre de l'URSS. Dionys, Robert et moi, soutenus par quelques autres, fîmes une opposition « culturelle » résolue sans toutefois mettre en question non seulement la politique générale du Parti, mais aussi sa nature. Nous dénoncions entre nous le crétinisme, le mensonge, le dogmatisme, les calomnies comme autant de défauts secondaires et provisoires du communisme stalinien, sans comprendre qu'ils traduisaient sa nature même.

Je devins un muet politique lors du procès Kravtchenko en 1949, même après avoir rencontré Margarete Buber-Neumann, venue témoigner en faveur du transfuge soviétique. Celle-ci nous révéla qu'après le pacte germano-soviétique, Staline avait livré à Hitler les communistes allemands qui s'étaient réfugiés en URSS. Ainsi était-elle passée du goulag au camp de concentration de Ravensbrück.

Finalement, ce fut l'ignominie et l'imbécillité du procès Rajk, en 1949, qui opérèrent en moi une rupture subjective qui devint objective par exclusion en 1951. J'avais pris conscience du caractère mystique, religieux du Parti. J'avais vu qu'il transformait des êtres initialement débonnaires, tolérants, en fanatiques obtus. Mais c'est l'excès de mensonges et d'ignominies réunis dans ce procès comme en un microcosme qui me fit littéralement vomir toute ma croyance. En dépit de cette rupture intérieure, ce fut la rupture de la grande camaraderie et surtout de grandes amitiés qui fut douloureuse. J'ai dû couper le cordon ombilical qui m'empêchait de naître à moi-même. J'avais trente ans.

Puis il m'a fallu entreprendre pleinement et radicalement l'autocritique de six années d'aveuglement et d'illusions, ce que je fis en 1958. Il m'a fallu aussi concevoir ce qui fut le mal spécifique du XXe siècle : le totalitarisme de parti unique. Beaucoup refusaient l'idée que les deux ennemis irréductibles qu'étaient le nazisme et le communisme avaient en commun le totalitarisme. L'opposition totale entre l'idéologie universaliste du communisme, embrassant toute l'humanité, et l'idéologie raciale de la supériorité aryenne propre à l'Allemagne nazie contribuait à repousser le concept. Et pourtant, dans l'un et l'autre cas, un parti unique était seul détenteur des vérités anthropologiques et historiques, exerçait le contrôle de toutes les activités humaines, y compris dans la vie privée, avec le soutien d'une police toute-puissante à la fois soumise au parti et le soumettant à son pouvoir. La publication du livre de Hannah Arendt *Les Origines du totalitarisme* fit surgir la notion en 1951[1]. Mais sa définition me parut insuffisante. C'est sur le tard, en 1983, en suivant l'histoire post-stalinienne de l'URSS, que j'ai publié mon essai *De la nature de l'URSS*[2], pour comprendre ce phénomène énorme et nouveau par rapport à toute autre forme de dictature.

1. Traduit en français au Seuil entre 1972 et 1982.
2. Fayard.

Au XXIe siècle, il est d'autant plus important de comprendre sa capacité à esclavagiser et à domestiquer les esprits qu'il se forme actuellement tous les éléments d'un néototalitarisme dont le premier modèle s'est installé dans l'immense Chine. Il est donc nécessaire de saisir sa différence et sa similitude avec le totalitarisme passé. J'y reviendrai.

Le rapport Khrouchtchev dénonçant le pouvoir de Staline me rendit un temps quelque espoir en un communisme libéral, mais la répression de la révolution hongroise de 1956 accomplit la rupture finale. Elle fut totale et elle m'enseigna deux de mes vérités.

La première : l'expérience de ma saison en Stalinie a été décisive pour que je comprenne comment fonctionnent les esprits fanatiques et que j'y devienne allergique.

La seconde : elle m'a permis de comprendre que j'étais fondamentalement droitier et gauchiste. Droitier, c'est-à-dire désormais résolu à ne plus jamais sacrifier l'idée de liberté. Gauchiste, c'est-à-dire désormais convaincu non plus de la nécessité d'une révolution, mais de la possibilité d'une métamorphose.

Enfin, ma démythification m'a permis de régénérer ma conception de la gauche, qui à mon sens doit toujours puiser simultanément en quatre sources : la source libertaire pour l'épanouissement des individus, la source socialiste pour une société meilleure, la source communiste pour une société fraternelle, la source écologique pour mieux intégrer l'humain dans la nature et la nature dans l'humain.

L'extraordinaire décennie 1950

5 mars 1953 : mort de Staline. Juin 1953 : révolte en Allemagne de l'Est contre le régime communiste. Guerre d'Algérie, de 1954 à 1962. 24 février 1956 : rapport Khrouchtchev dénonçant Staline. Juin 1956 : révolte de Poznań, puis Octobre polonais provisoirement libérateur. 23 octobre 1956 : révolution hongroise réprimée férocement en novembre. Fin octobre 1956 : guerre israélienne contre l'Égypte soutenue par l'intervention anglo-française à Suez. 13 mai 1958 : putsch d'Alger. Octobre 1958 : de Gaulle est appelé légalement au pouvoir, la IVe République est abolie et la Ve, dotée d'un pouvoir présidentiel, proclamée. 1961 : échec du second putsch des généraux d'Algérie contre de Gaulle.

Ces huit années d'événements non seulement inattendus, mais inouïs (comme la dénonciation de Staline par son successeur et l'effondrement de notre IVe République), mettent en crise d'une part le communisme soviétique, d'autre part la démocratie issue de la Libération. Les révolutions ouvrières de Pologne et de Hongrie se font contre le parti de « la classe ouvrière », et l'armée dite « soviétique » réprime dans le sang les soviets ouvriers de Budapest. Ces événements ont commencé à dévoiler le mensonge de l'URSS, ils ont ébranlé sismiquement la religion de salut terrestre que fut le communisme, et ont constitué les préliminaires de son effondrement.

Claude Lefort, Robert Antelme, Dionys Mascolo et moi faisons en voiture un voyage de solidarité en Pologne, pour un temps libérée. Nous nous enthousiasmons pour la révolution hongroise et créons un comité d'accueil pour les Hongrois s'exilant en France.

En coïncidence avec ces événements, je lance avec quelques amis la revue *Arguments* qui se donne pour mission de penser la crise du communisme et celle de la démocratie, puis d'opérer une repensée généralisée, en intégrant les problèmes de vie quotidienne et privée (l'amour). Nous y avons publié les penseurs de l'école de Francfort inconnus en France comme Theodor Adorno et Max Horkheimer. C'est à un texte de Heidegger paru dans la revue que j'ai emprunté et fait mienne la notion d'« ère planétaire » pour désigner l'histoire humaine depuis la conquête des Amériques.

Par ailleurs, nous sommes intervenus dans la guerre d'Algérie en fondant avec Dionys Mascolo, Robert Antelme et Louis-René des Forêts le Comité des intellectuels contre la guerre en Afrique du Nord, légitimant l'indépendance de l'Algérie, tout en souhaitant personnellement des liens privilégiés avec la France. Ignorant au départ les réalités algériennes, j'appris qu'un mouvement national algérien avait été fondé par Messali Hadj dès 1927, qui même sous le Front populaire avait subi interdictions et emprisonnements.

En 1954 se produisit une rupture entre Messali et son comité central, et un groupe de jeunes activistes déclencha l'insurrection de la Toussaint 1954, fonda le FLN et demanda à Messali de s'y rallier. À la suite de son refus, le FLN mena une guerre d'extermination du messalisme tout en dénonçant Messali comme agent de la France et traître à l'Algérie.

Quand j'étais au parti communiste, j'avais gardé le silence face à l'ignoble extermination physique et morale des trotskistes. Je ne pouvais plus me taire dans un cas semblable, qui outrageait le père même de l'Algérie indépendante. J'ai donc défendu l'honneur de Messali. Puis, après le second putsch d'Alger et l'assassinat d'Abane Ramdane, un des responsables du FLN, par son propre parti, j'ai pris position pour d'urgentes négociations de paix afin d'éviter que la France et l'Algérie ne sombrent l'une et l'autre dans une dictature militaire. Le génie politique de de Gaulle l'a évité pour la France, mais l'Algérie n'a pu y résister. Je suis resté déviant, incompris, insulté par ceux qui avaient quasiment sacralisé le FLN, comme par les partisans de l'Algérie française, ce qui me valut une tentative d'attentat de l'OAS. De même, quelques années plus tard, ma compassion pour le sort du peuple palestinien colonisé m'a valu, et me vaut encore, bien des incompréhensions, outrages et calomnies.

La leçon que j'en tire est qu'il faut accepter la solitude et la déviance quand la vérité des faits et l'honneur sont en jeu. Savoir subir l'incompréhension, ne pas céder aux imprécations, aux délires et aux haines.

Mais la leçon globale des années 1950 est à puiser dans le bouleversement incroyable de deux régimes qui semblaient immuables, celui de l'URSS et des démocraties populaires, et celui de la IVe République française.

L'envers des Trente Glorieuses

Le développement économique de l'Europe occidentale, commencé vers 1955, se poursuit jusqu'à la crise de 1973, constituant ce que Jean Fourastié a appelé les Trente Glorieuses.

Grâce à ce développement économique, le niveau de vie s'élève mais la qualité de vie baisse, l'individualisme s'accroît mais les solidarités diminuent, les mobilités (auto, tourisme, vacances) progressent mais les contraintes techniques sont de plus en plus asservissantes, le bien-être matériel augmente en proportion d'un mal-être existentiel (ce qu'ont obscurément ressenti les générations de 1968), l'hégémonie croissante de l'économique va de pair avec la dégradation du politique.

Sur le plan intellectuel, le structuralisme apporte une méthode issue de la linguistique de Jakobson pour connaître les phénomènes humains, mais la notion de structure devenue souveraine élimine l'homme, le sujet, l'histoire.

Cornelius Castoriadis, Claude Lefort et moi-même résistons à cette pensée réductrice et disjonctive. Chacun d'entre nous travaille à intégrer et à dépasser la pensée de Marx. Ce sera pour moi la pensée complexe.

Au cours de cette période, ma culture très diversifiée et ma curiosité m'ont permis de détecter à l'état naissant des phénomènes encore imprévisibles. Comme après la Nuit de la Nation, en 1963, j'ai observé la formation d'une culture adolescente autonome, prémices de Mai 1968, révolte juvénile contre l'Autorité et brèche dans la ligne de flottaison de notre civilisation.

Au cours de ces années, je prends conscience du fait que les aspects négatifs de la civilisation occidentale ont progressé, tandis qu'ont régressé ses effets positifs. D'où l'élaboration d'une « politique de civilisation[1] » pour y remédier, développée dans un essai publié en 1997.

Je tire de ces années la leçon qu'une progression économique et technique peut comporter une régression politique et civilisationnelle, ce qui à mes yeux est de plus en plus patent au XXIe siècle.

Prise de conscience écologique

Les Trente Glorieuses s'achèvent avec le choc pétrolier de 1973, issu de l'embargo des pays du Moyen-Orient en riposte au soutien apporté à Israël pendant la guerre du Kippour.

Je découvre soudain que l'Europe n'est plus la puissance dominatrice et colonialiste à laquelle je ne m'étais pas rallié, mais une pauvre vieille chose

1. *Politique de civilisation*, Arléa, 1997.

dépendante du pétrole comme d'une transfusion sanguine vitale. J'ai alors cru en la construction d'une union européenne qui aurait pu devenir un exemple pacifique et démocratique pour le monde – jusqu'à ce que les déceptions successives m'amènent à abandonner mes espoirs.

En 1972, un événement d'importance planétaire ne fut perçu dans son ampleur que par une minorité dispersée d'esprits : la publication du rapport du professeur Meadows, du Massachusetts Institute of Technology, révélant le processus de dégradation de la biosphère dû au déferlement techno-économique, lui-même dû à une soif inextinguible de profit. Cette dégradation n'affectait pas seulement la biodiversité végétale et animale, mais l'humanité entière, à travers la pollution des rivières, des océans, des villes, des sols livrés à l'agriculture industrielle, de l'alimentation issue de cette agriculture, des animaux parqués massivement et artificiellement nourris. Pour contrer cette irrésistible dégradation de la biosphère, il fallait que chaque nation se tourne non seulement vers une politique nouvelle, mais aussi vers une entente internationale.

Je fis partie de ceux qui furent conscients du problème et de la menace, et donnai cette même année 1972 une conférence publiée à l'époque sous le titre « L'an I de l'ère écologique », puis de nombreux articles.

La conscience écologique ne progressa que très partiellement et très lentement, en dépit de catastrophes significatives, notamment à Tchernobyl et Fukushima, et malgré l'aggravation constante de la situation dans tous les domaines, aussi bien naturels que civilisationnels et humains. Je n'ai cessé d'être présent sur ce front.

Crises et guerres

Je n'ai pas cru au Programme commun de la gauche adopté en 1972, mais je fus assez content de l'élection de François Mitterrand, dont j'avais connu les meilleurs aspects pendant la Résistance et les pires pendant la guerre d'Algérie.

Le mérite de sa présidence fut d'avoir opéré une alternance politique à la domination de la droite et d'avoir supprimé la peine de mort. À l'exception d'un repas privé où j'avais été convié, je ne fus pas de ses familiers, mais je le défendis quand il fut attaqué après le livre de Pierre Péan[1] consacré à sa jeunesse

1. *Une jeunesse française*, Fayard, 1994.

et révélant aux générations actuelles le vichysme qui avait précédé sa résistance – ce que nous savions tous en 1943.

Un tournant historique mondial s'opéra dans les années 1980 sans qu'on s'en aperçoive, et la prise de conscience ne vint que progressivement et tardivement. C'est le tournant néolibéral de Thatcher (1979-1990) et de Reagan (1981-1989), qui supprima tout frein au déchaînement du profit et entraîna un peu partout dans le monde la privatisation des services publics nationaux et l'énorme accroissement de la richesse des riches et celui de la pauvreté des pauvres.

La guerre de Yougoslavie éclata en 1991. La Croatie et la Bosnie-Herzégovine proclamèrent leur indépendance, puis le Kosovo s'émancipa de la Serbie en 1998-1999 avec l'aide de l'Occident.

Je pris parti contre l'intervention militaire serbe en Croatie, mais sans verser dans l'anti-serbisme et le pro-croatisme, car le nationalisme de purification ethnique croate était assez semblable au serbe. Je soutins en revanche la Bosnie-Herzégovine multiethnique où malheureusement la radicalisation de la guerre allait détruire la coexistence conviviale et la mixité ethno-religieuse.

La guerre de Yougoslavie me convainquit que la

dislocation des empires (ottoman, austro-hongrois, soviétique), en suscitant la naissance de nations comportant chacune des minorités ethniques ou religieuses, avait été l'un des désastres historiques du XXe siècle. Alors que les nations occidentales (France, Angleterre, Espagne) se sont formées en intégrant des peuples extrêmement divers au cours d'une histoire multiséculaire, les nouvelles nations se sont fondées sur une conception ethno-religieuse monolithique prônant l'épuration des minorités.

Lors de la première intifada palestinienne (1987-1991), j'ai compris à quel point le Moyen-Orient était une zone sismique où s'affrontaient non seulement Israël et Palestine, mais aussi Orient et Occident, judaïsme, christianisme et islam, intérêts pétroliers et droits des peuples, et à travers les puissances locales, les grandes puissances.

Et lors des deux guerres d'Irak (1990-1991 et 2003-2011), de la guerre civile libanaise (1975-1990), de l'horrible guerre civile syrienne (depuis 2011) entretenue par les interventions étrangères, je suis resté attentif à une autre zone sismique, qui remonte au nord jusqu'à l'Arménie et l'Azerbaïdjan, et descend au sud en Éthiopie, Érythrée et Lybie.

Dans tous ces conflits, il est un lien inséparable entre horreurs et erreurs.

La mondialisation a véritablement commencé avec l'introduction du capitalisme dans l'URSS effondrée, avec le postmaoïsme de Deng en Chine, et avec la généralisation des communications instantanées par téléphone ou Internet entre tous les points du globe. Elle constitue un processus techno-économique d'unification de la planète. Mais elle a également suscité, en réaction, l'aspiration à une altermondialisation de solidarités.

Le 11 septembre 2001, deux avions pilotés par des jihadistes islamistes s'écrasèrent sur les tours jumelles du World Trade Center de New York. Cet énorme événement, totalement inattendu, révéla au monde le jihad, forme fanatique de terrorisme islamiste. Mais ce jihad avait initialement été aidé et armé par les États-Unis en Afghanistan, alors qu'ils luttaient contre l'invasion soviétique. Depuis, le jihad est devenu une menace mondiale aussi bien pour les pays arabo-musulmans (la majorité des victimes dans le monde sont musulmanes) que pour le monde occidental et africain.

Enfin la pandémie du Covid, suscitant une crise planétaire multidimensionnelle, devient un élément nouveau de précarité, d'incertitude et d'angoisse[1].

1. *Changeons de voie, Les leçons du coronavirus*, Denoël, 2020.

6

Mes expériences politiques : les nouveaux périls

Comprenant l'inadéquation de nos connaissances compartimentées pour traiter les grands problèmes, animé par le refus critique des aspects unilatéraux et réducteurs des modes de penser, constatant le vide de la pensée politique en général et particulièrement celle du socialisme, admettant qu'il fallait non seulement réviser Marx, non seulement repenser l'homme, la vie et le monde à l'aide des nouvelles connaissances, mais repenser la pensée et refonder une pensée politique, j'ai entrepris l'énorme voyage à travers les connaissances pour dégager les principes d'une connaissance et d'une pensée complexes.

Science et politique

Le formidable développement des sciences physiques et biologiques aux XXe et XXIe siècles pose des problèmes éthiques et politiques de plus en plus graves. En effet, à partir du XVIIe siècle, les sciences n'ont pu développer leur autonomie qu'en éliminant tout jugement de valeur, c'est-à-dire tout jugement éthique ou politique. Leur rôle dans l'histoire des sociétés est devenu peu à peu immense. Les progrès de la physique nucléaire ont permis la création, l'emploi puis la multiplication des armes nucléaires. Ceux de la physique quantique ont favorisé le développement gigantesque de l'informatique. Ceux de la génétique, et plus largement des sciences biologiques, incitent aux manipulations sur l'embryon et l'être humain.

Or les sciences ne connaissent aucun garde-fou éthique interne. L'éthique ne peut venir que de morales extérieures, laïques ou religieuses. Les États s'emparent des pouvoirs de l'arme nucléaire, devenue une épée de Damoclès pour l'humanité. Le profit s'empare de la génétique, transformant les chercheurs en businessmen, tandis que la recherche médicale est trustée par des multinationales pharmaceutiques qui se consacrent à produire des remèdes rentables au détriment de remèdes non rentables. Tous ces dangereux développements, aggravés aujourd'hui par la pandémie de Covid, donnent une actualité sombre à la vieille formule de Rabelais : « Science sans conscience n'est que ruine de l'âme. »

Notre communauté de destin

Dès mon livre *Terre-Patrie*, j'étais conscient du fait que la mondialisation techno-économique avait créé une communauté de destin entre tous les humains dans le déferlement économique planétaire, la dégradation de la biosphère, les périls dus à la multiplication des armes nucléaires. Cette conscience n'a malheureusement pu s'accroître et s'amplifier.

Puis j'ai de mieux en mieux mesuré les effets pervers de la mondialisation techno-économique (vers l'abîme ?), de la domination universelle du profit, de la crise universelle des démocraties, de l'échec de presque toutes les révoltes contre les dictatures politiques ou les dominations économiques (qui sont souvent liées).

Enfin, la formation, dans le monde entier, y compris en Europe, de régimes autoritaires à façade parlementaire, et notamment le néototalitarisme de la Chine, fondé sur les surveillances électroniques, témoigne de la régression qui s'opère mondialement depuis les débuts du XXIe siècle.

Une des plus grandes leçons de mes expériences, c'est que le retour de la barbarie est toujours possible. Aucun acquis historique n'est irréversible.

Penser complexe

L'expérience de la grande crise planétaire multidimensionnelle issue de la pandémie de Covid montre de façon évidente la nécessité d'une pensée complexe et d'une action consciente des complexités de l'aventure humaine.

J'ai consacré cinquante années de ma vie à élaborer une Voie qui peut être à la fois nommée Méthode (*methodos*, en grec, signifie poursuite ou recherche d'une voie) ou Tao (qui signifie en chinois chemin ou voie). Je l'ai fait dans les six volumes de la *Méthode*, dans les quatre livres pour réformer l'éducation[1] et dans les propositions politiques de mes livres *La Voie*[2] et *Changeons de voie*[3].

1. *La Tête bien faite*, Seuil, 1999 ; *Relier les connaissances*, Seuil, 1999 ; *Les Sept Savoirs nécessaires à l'éducation du futur*, Seuil, 2000 ; *Enseigner à vivre*, Actes Sud, 2014.
2. Fayard, 2011.
3. Denoël, 2020.

Mais cette nécessité n'est ni comprise ni admise par la plupart des politiques, économistes, technocrates, entrepreneurs, et elle demeure ignorée par la plupart de mes concitoyens. Jamais le capitalisme n'a été aussi puissant, aussi hégémonique. Il a domestiqué l'agriculture devenue industrielle, la consommation sous influence publicitaire, les services uberisés, le monde de l'information et de l'informatique sous emprise des GAFA. Le capitalisme règne sur la santé via les industries pharmaceutiques dont la puissance s'est accrue pendant la pandémie, il parasite par ses lobbies les gouvernements, les institutions européennes et internationales. Cela dans le somnambulisme et l'aveuglement.

Et que trouvons-nous en face ? Des consciences dispersées, des révoltes réprimées, des associations de solidarité, un peu d'économie sociale et solidaire, mais aucune force politique cohérente disposant d'une pensée-guide telle que celle que je préconise. Je prévois la possibilité du pire, voire sa probabilité, mais le pire n'est pas sûr, l'improbable est lui aussi possible, tout comme l'imprévisible.

Aussi, au fil du temps, j'ai de mieux en mieux conçu mes idées politiques avec l'aide de la connaissance complexe et de la pensée complexe, elles-mêmes inséparables de mes prises de conscience politique, inspirant ces prises de conscience et inspirées par elles.

Et je n'oublie pas la nécessité de réviser ma pensée, selon la surprise que provoque l'événement inattendu ou même périodiquement, comme on révise le moteur de sa voiture tous les dix mille kilomètres.

L'humanisme régénéré

Toutes mes conceptions sont désormais anthropo-bio-éco-politiques. Elles relèvent non seulement de la pensée complexe, mais aussi de ce que j'ai appelé l'humanisme régénéré, et que j'expose dans *Changeons de voie*. Je dis « régénéré », car il est déjà énoncé lapidairement par Montaigne en deux phrases : « Je reconnais en tout homme mon compatriote » et « Chacun appelle barbarie ce qui n'est pas de son usage ».

L'humanisme régénéré se fonde sur la reconnaissance de la complexité humaine. Il reconnaît la pleine qualité humaine et la plénitude des droits à tous les humains quels que soient leur origine, sexe ou âge. Il puise aux sources de l'éthique qui sont solidarité et responsabilité. Il constitue l'humanisme planétaire de la Terre-Patrie (qui enveloppe les patries en les respectant).

Être humaniste désormais, ce n'est pas seulement penser que les périls, incertitudes et crises (dont celle de la démocratie, celle de la pensée politique, celle provoquée par le déferlement du profit, celle de la biosphère, celle enfin, multidimensionnelle, de la pandémie) nous ont liés en une communauté de destin. Être humaniste désormais, ce n'est pas seulement savoir que nous sommes tous humains semblables et différents, ce n'est pas seulement vouloir échapper aux catastrophes et aspirer à un monde meilleur. Être humaniste, c'est aussi ressentir au plus profond de soi que chacun d'entre nous est un moment éphémère d'une extraordinaire aventure, l'aventure de la vie qui a donné naissance à l'aventure humaine, laquelle, à travers créations, tourments et désastres, est arrivée à une crise gigantesque où se joue le destin de l'espèce. L'humanisme régénéré, ce n'est donc pas seulement le sentiment de communauté humaine, de solidarité humaine, c'est aussi le sentiment d'être à l'intérieur de cette aventure inconnue et incroyable, et souhaiter qu'elle continue vers une métamorphose, d'où naîtrait un devenir nouveau.

Ce qui m'est apparu de plus en plus nettement avec le temps, c'est que dans l'univers physique et biologique, les forces d'association et d'union se combinent avec celles de dispersion et de destruction.

Cette dialectique peut être symbolisée dans l'histoire humaine par la relation indissoluble entre Éros, Polémos et Thanatos. Il me semble bien que Thanatos soit le vainqueur final, mais il est évident pour moi que, quoi qu'il arrive, notre vie ne peut avoir de sens qu'en prenant le parti d'Éros.

7

L'erreur de sous-estimer l'erreur

Ma voie

J'ai trouvé ma voie dès mes dix-huit ans en ne cessant de poursuivre les grandes interrogations formulées par Kant, que j'ai citées plus haut : Que puis-je connaître? Que dois-je faire? Que m'est-il permis d'espérer?

Le philosophe écrivait que, pour y répondre, il faut connaître l'humain. À quoi j'ajoute qu'il faut connaître inséparablement les conditions sensorielles, cérébrales, spirituelles de la connaissance humaine et la connaissance des conditions historiques et sociales qui pèsent sur toute connaissance. D'où les deux volumes centraux de la *Méthode* : *La Connaissance de la connaissance* et *Les Idées.*

En fait, je n'ai cessé jusqu'à maintenant d'être étudiant, c'est-à-dire de continuer à apprendre, et de me remettre sur le chantier de la repensée. Évidemment stimulée par les bouleversements historiques, la repensée est devenue permanente chez moi depuis *Arguments*, revue interrogative, et mon livre *Autocritique*, puis le CRESP (Cercle de recherche et de réflexion sociale et politique) avec Castoriadis et Lefort, puis dans le Groupe des Dix animé par Jacques Robin, puis en Californie à l'Institut Salk, puis au Centre Royaumont pour une science de l'homme, et enfin continûment dans la rédaction des six volumes de la *Méthode* de 1977 à 2004. Je dispose de la Méthode pour relier et intégrer les connaissances, et bien sûr examiner les conditions historiques de plus en plus graves que nous subissons.

Mais au cours de cette aventure de connaissance inséparable de mon aventure de vie, j'ai sans cesse été tourmenté par le problème de l'erreur et de l'illusion.

Mes erreurs

Je veux tout d'abord indiquer que le risque d'erreur et d'illusion est permanent dans toute vie humaine, personnelle, sociale, historique, dans toute décision et action, voire dans toute abstention, et qu'il peut conduire à des désastres.

Je ne saurais comptabiliser toutes mes erreurs d'appréciation ou de jugement ; je me limiterai ici aux deux grandes erreurs de mon adolescence et de ma jeunesse, qui alors m'avaient semblé deux grandes vérités.

La première est le pacifisme de mon adolescence. Influencé par le pacifisme des générations qui avaient vécu l'absurdité et l'horreur de la guerre de 1914-1918, j'avais été, à dix ou douze ans, très marqué par trois films : *Quatre de l'infanterie* de l'Allemand Georg Wilhelm Pabst, *À l'Ouest, rien de nouveau* de l'Américain Lewis Milestone, et *Les Croix de bois* du Français Raymond Bernard.

Quand l'Allemagne hitlérienne revendiqua puis annexa l'Autriche, revendiqua puis annexa les Sudètes de Tchécoslovaquie, quand elle revendiqua Danzig, je pensais, comme Simone Weil, que ces populations étant allemandes et souhaitant leur réunion au Reich, l'on ne pouvait s'opposer au droit des peuples à disposer d'eux-mêmes. J'étais de ceux qui estimaient que les concessions de Munich allaient dans ce sens. Il me semblait même que ces concessions allaient calmer l'Allemagne, qui rentrerait dans le concert des nations. Je pensais enfin, jusqu'en 1939, que la guerre était évitable.

Ma vision occultait le phénomène central : le gigantesque expansionnisme d'une nation se voulant hégémonique, subjuguée par la conception raciste qui faisait de la race aryenne la dominatrice et la colonisatrice de l'Europe, et notamment des populations slaves. Là était la différence capitale avec la guerre de 1914, née de conflits entre impérialismes rivaux.

Mon erreur se fondait sur l'illusion que les concessions modéreraient et humaniseraient le nazisme en lui donnant satisfaction, alors qu'elles l'incitaient au contraire à aller toujours plus loin. J'oubliais ou ne souhaitais pas voir que bien plus que du nationalisme allemand traditionnel ou qu'une soif de revanche, il s'agissait du déchaînement d'une puissance animée par une conviction de supériorité raciale, laquelle allait la conduire de victoire en victoire, de massacre en massacre, jusqu'au désastre.

Après la défaite et avant la guerre avec l'URSS, je gardais l'idée qu'une Allemagne maîtresse de l'Europe irait tôt ou tard vers un dépassement de l'hitlérisme dans une *pax germanica* analogue à ce qu'avait été la *pax romana* (où, après une conquête impitoyable, la citoyenneté romaine avait été offerte à tout habitant de l'Empire, avec l'édit de Caracalla). L'Allemagne s'humaniserait progressivement et dissoudrait le nazisme dans un retour à sa culture humaniste et pluraliste. Mais j'aurais dû penser que Hitler ne pouvait pas ne pas attaquer l'URSS au nom de l'« espace vital » de l'Allemagne aryenne.

Dès lors, la résistance *in extremis* de Moscou fin 1941, puis, aussitôt après, Pearl Harbor et le basculement des États-Unis dans une guerre devenue mondiale déterminèrent ma seconde grande erreur.

Alors que toute ma culture adolescente avait été radicalement antistalinienne – j'avais lu Boris Souvarine et Victor Serge, j'avais connu le dégoût des procès de Moscou et l'allergie au fanatisme stalinien –, je reconsidérai les vices de l'URSS en les attribuant à l'héritage de l'arriération tsariste et à l'encerclement capitaliste. Éclairé, croyais-je, par le livre de Georges Friedmann *De la sainte Russie à l'URSS*[1], je découvrais des aspects apparemment positifs en matière d'éducation, d'hygiène, de santé, d'égalité des peuples soviétiques. L'idée qu'il ne fallait plus juger l'URSS sur son passé odieux mais sur son futur libérateur de l'humanité opprimée me voilait tout ce que ma culture adolescente m'avait enseigné. Et, pas à pas, je fis un chemin de conversion au communisme. J'eus seulement la chance de ne pas m'enfermer dans

1. Gallimard, 1938.

le Parti et de devenir responsable d'un mouvement de résistance non communiste.

Mes espoirs d'avenir radieux s'effondrèrent progressivement après la victoire, avec la guerre froide et la nouvelle glaciation stalinienne. Je raconte très précisément ma conversion et ma déconversion dans mon livre *Autocritique*, cure salutaire, travail de conscience qui m'a rendu pour toujours allergique aux fanatismes, sectarismes, mensonges politiques, arguments vicieux *ad hominem*.

Je regrette donc mes erreurs et ne les regrette pas, car elles m'ont donné l'expérience de vivre dans un univers religieux absolutiste qui, comme toute religion, a eu ses saints, ses martyrs et ses bourreaux. Un monde qui rend halluciné, dégrade et détruit parfois les meilleurs. Mon séjour de six ans en Stalinie m'a éduqué sur les puissances de l'illusion, de l'erreur et du mensonge historique.

D'où vient l'erreur ?

Dès la naissance, l'adaptation au monde extérieur se fait par essais et erreurs, et se poursuit de même tout au long de la vie.

La connaissance ne se construit pas sans un risque

d'erreur. Mais l'erreur joue un rôle positif quand elle est reconnue, analysée et dépassée. « L'esprit scientifique se constitue sur un ensemble d'erreurs rectifiées », écrivait Bachelard.

Les erreurs nous éduquent quand nous en prenons conscience, mais elles ne nous enseignent pas leurs sources multiples et permanentes, elles ne nous disent pas leur rôle énorme, souvent néfaste.

L'erreur est généralement sous-estimée, faute de la conscience qu'elle a sa source dans la connaissance elle-même et qu'elle constitue une menace dans toute vie et pour toute la vie.

L'erreur est inséparable de la connaissance humaine, car toute connaissance est une traduction suivie d'une reconstruction. Or toute traduction, comme toute reconstruction, comporte un risque d'erreur. À commencer par la connaissance des sens, comme la perception visuelle : des photons stimulent notre rétine, qui les traduit selon un code binaire en un message transmis par le nerf optique, reconstruit et aussitôt transformé par le cerveau en une perception.

Or la perception peut être insuffisante (myopie, presbytie, surdité), elle peut être perturbée par l'angle de vision, la distraction, la routine et surtout l'émotion. Par exemple, les témoignages lors d'un accident de voiture sont souvent très différents, voire opposés.

Ainsi nos meilleurs témoins, nos sens, peuvent-ils aussi nous tromper.

Les idées et les théories sont des reconstructions intellectuelles qui peuvent être non seulement erronées, mais illusoires.

La mémoire est nouvelle source d'erreur, car elle est la reconstruction d'une construction qui a laissé sa marque cérébrale. Que d'erreurs involontaires dans les réminiscences et souvenirs !

La communication est source d'erreur, comme l'avait indiqué Shannon. Entre l'émetteur et le récepteur, le mal entendu et le mal compris peuvent même devenir source de conflit.

Les décisions erronées prises dans les incertitudes et risques de la vie peuvent entraîner les pires conséquences.

Le mensonge est évidemment source d'erreur quand il est cru. Mais le pire mensonge, qui ne peut trouver son antidote que dans l'esprit autocritique, est ce que l'anglais appelle *self deception*, le mensonge à soi-même : nous sommes à la fois trompeurs et trompés. Ce phénomène, très courant, nous cache à nous-mêmes des vérités peu flatteuses, honteuses ou gênantes.

Enfin nous pouvons être trompés par des informations attestées par des témoignages que l'on croit fiables. Ainsi en fut-il de la rumeur fausse mais persistante, évoquée plus haut, de l'échec d'un débarquement allemand en Angleterre en 1941. Les Anglais auraient répandu de l'essence sur leurs côtes et l'auraient enflammée à l'arrivée de l'armada nazie qui aurait péri corps et biens. Il en fut de même de la rumeur d'Orléans, où même des enseignantes étaient convaincues que des jeunes filles disparaissaient dans les salons d'essayage de magasins tenus par des Juifs.

Plus amplement, des millions de personnes furent dupées par la propagande de l'URSS qui cachait l'énormité de son système concentrationnaire et exaltait un paradis soviétique imaginaire. Des millions de personnes crurent que la révolution culturelle chinoise était une grande étape du progrès communiste, alors que c'était une folle hécatombe, faisant des millions de victimes.

Comment se prémunir contre les fausses informations qu'on appelle maintenant *fake news* ? L'expérience m'a montré que le danger d'être mal informé est très grand quand on ne dispose ni de plusieurs sources ni d'avis différents sur un même événement. Ce sont ces deux pluralités qui peuvent nous permettre de nous faire une opinion, et souvent – pas toujours – d'éviter des erreurs.

Du reste, le propre des théories scientifiques est

d'être réfutables, et le propre de la vitalité scientifique est d'accepter le conflit des théories et des idées. Autrement dit, la science n'élimine pas l'erreur mais reconnaît sa possibilité en son sein. Il n'y a aucun refuge à la Vérité absolue éliminant toute erreur, sauf dans la Théologie et dans la Foi du fanatique.

Par ailleurs, je pense qu'il ne faut pas cesser de s'informer, de s'instruire et de vérifier périodiquement ses connaissances. Il est important, dans un monde en constante transformation, de faire tous les dix ans une révision de sa vision du monde. Il est évident que les problèmes prioritaires avant 1990 (guerre froide et monde bipolaire) ne sont pas les mêmes après l'effondrement de l'URSS (libéralisme économique et mondialisation), ni après la destruction des deux tours du World Trade Center (terrorisme islamique). Chacun de ces tournants semble inattendu : rares sont ceux qui prophétisaient la chute de l'URSS et nul n'avait prévu que le tournant serait effectué par le secrétaire général du Parti lui-même. De même, nul n'avait prévu que deux avions suicides frapperaient à mort le symbole de la puissance financière américaine. L'histoire humaine est relativement intelligible a posteriori mais toujours imprévisible a priori.

La difficulté de circonvenir les complexités est également source d'erreurs. Cette difficulté est d'autant plus grande que nos savoirs sont disjoints et compartimentés en disciplines closes, alors que la complexité par exemple de la crise du coronavirus en 2020 tient aux interactions et rétroactions entre processus biologiques, psychologiques, économiques, sociaux, etc. D'où la tendance à réduire une crise multidimensionnelle à l'un de ses composants, et à prendre une partie de la vérité pour toute la vérité, alors que toute connaissance prenant la partie pour le tout est erronée.

L'écologie de l'action

Toute décision comporte un pari quand le milieu où doit se produire l'action décidée comporte des complexités, c'est-à-dire aussi des incertitudes. Combien de décisions politiques, militaires ou simplement individuelles assurées du succès ou de la victoire ont abouti à des échecs, défaites ou désastres ! Combien d'actions révolutionnaires ont déclenché des contre-révolutions qui les ont englouties ! Combien d'entreprises réactionnaires ont déclenché des révolutions qui les ont abolies ! D'où la conscience nécessaire que toute action doive être conduite selon une stratégie modifiable en fonction des aléas ou de nouvelles informations. Ce que fit exemplairement le jeune général Bonaparte lors de la première campagne d'Italie, ou Napoléon à Austerlitz.

Les maladies de la rationalité

Nous pensons très justement que l'accord entre la raison – fondée sur la déduction et l'induction – et les données sensorielles sur le monde extérieur constitue une connaissance pertinente.

Toutefois, une théorie rationnelle tend à se refermer en dogme quand elle ignore les nouvelles données qui l'infirment et qu'elle rejette sans examen les arguments adverses. Le dogmatisme est une maladie sclérosante de la raison, qui doit être toujours ouverte sur une possible réfutabilité.

La raison comporte également le risque de la rationalisation, qui est une construction logique, mais à partir de prémisses fausses. Ainsi, si je suis persuadé que mon voisin m'espionne, j'interprète tous ses comportements comme des indices de son espionnage.

L'aveuglement paradigmatique

Comme je l'ai montré dans *La Méthode III*, notre rationalité est inconsciemment guidée par un paradigme qui contrôle l'organisation de la connaissance et impose la disjonction et la réduction comme modes de connaissance des ensembles et phénomènes complexes. Cet état de fait crée un aveuglement au cœur de notre mode de connaissance.

Disjonction : alors que les phénomènes sont liés entre eux par d'innombrables interactions et rétroactions, la compartimentation des savoirs en disciplines closes empêche de voir ces liens. La connaissance d'un être vivant ne peut être séparée de son contexte, car tout vivant dépend de son milieu, où il doit, pour vivre, puiser énergie et information.

Il faut savoir plus généralement que l'occultation des complexités, c'est-à-dire des relations indissolubles entre des composants différents relevant de disciplines compartimentées, conduit à l'erreur.

Réduction : la connaissance d'un tout est ramenée à la connaissance de ses éléments constitutifs. Or chaque organisation d'éléments divers en un tout produit des qualités qui n'existent pas dans ces éléments séparément : les émergences. Ainsi, l'organisation complexe de l'être vivant produit des qualités inconnues des molécules qui le constituent : autoreproduction, autoréparation, alimentation, activité cognitive, entre autres. Ces qualités ne sont ni déductibles ni inductibles à partir des éléments pris isolément. La logique de l'organisation échappe à la logique classique.

Il faut aussi connaître d'autres causes d'aveuglements :

— le caractère inédit d'un problème, l'oubli d'une expérience passée similaire, ou un raisonnement par analogie inadéquate ;

— la non-détectabilité du problème à partir des idées reçues tenues pour évidentes ou à partir de son développement lent ou soumis à fluctuations ;

— l'échec dans la solution dû aux limites des connaissances ou des moyens technologiques, ou dû à une intervention trop limitée ou trop tardive ;

— le comportement en fonction d'intérêts particuliers occultant l'intérêt général.

Connaissance pertinente

Puis-je dégager quelques principes à garder à l'esprit comme autant de guides ?

Préliminaire : savoir s'étonner et s'interroger sur ce qui semble normal et évident. Autrement dit : problématiser. L'essor des sciences, de la philosophie, de la pensée, s'est fait durant la Renaissance par la problématisation : qu'est-ce que le monde, qu'est-ce que la vie, qu'est-ce que l'homme ? Qu'est Dieu ? Existe-t-il ? La problématisation engendre le doute, véritable détoxifiant de l'esprit, lequel doit aussi savoir douter du doute. Le doute engendre l'esprit critique, qui n'est tel que s'il est aussi autocritique.

Premier impératif : contextualiser tout objet de connaissance. Un phénomène, une action ne peuvent être conçus correctement que dans leur contexte. Un mot polysémique ne prend son sens que dans la phrase, et la phrase ne prend son sens que dans le texte. Tout être vivant nourrit son autonomie en puisant énergie et information dans son contexte écologique et social et ne peut être considéré isolément.

Deuxième impératif, plus général : reconnaître la complexité. C'est-à-dire les aspects multidimensionnels et parfois antagonistes ou contradictoires des individus, des événements, des phénomènes.

Troisième impératif, plus général encore : savoir distinguer ce qui est autonome ou original et savoir relier ce qui est connecté ou combiné. Tout le cours de l'éducation, à partir de l'école primaire, devrait comporter cette préparation à la vie qui est un jeu ininterrompu de l'erreur et de la vérité[1].

Chaque vie est une aventure incertaine. On peut se tromper dans ses choix : amicaux, amoureux, professionnels, médicaux, politiques. Le spectre de l'erreur nous suit pas à pas.

Les conséquences de l'erreur de jugement ou de décision du responsable d'une nation peuvent être désastreuses et mortifères pour tout le pays.

Aussi la connaissance est-elle un art difficile qui peut être aidé par la connaissance des sources d'erreur et d'illusion, jointes à l'auto-examen et à l'auto-critique.

1. Voir *Pour entrer dans le XXI*e *siècle*, Seuil, 2004.

Credo

Parfois je suis submergé par l'amour de la vie. Quelle beauté, quelle harmonie, quelle unité profonde, quelle complémentarité et solidarité entre les vivants ! Quelle force créatrice pour inventer des myriades d'espèces animales et végétales singulières ! Parfois je suis submergé par la cruauté de la vie, la nécessité de tuer pour vivre, son énergie destructrice, ses conflits, avec toujours le triomphe de la mort. Puis je réussis à réunir, maintenir, lier indissolublement les deux vérités contraires. La vie est cadeau et fardeau, la vie est merveilleuse et terrible.

Ainsi en est-il de l'univers tel que nous le connaissons désormais. Il semble à notre regard harmonie parfaite, apparemment éternelle. Mais il est à notre science expansion, chaos, explosions ou tamponnements d'étoiles, avalement d'astres par d'incroyables et innombrables trous noirs, et enfin destruction et désintégration irrévocables. La vie, dans cet univers, est peut-être unique – dans une petite planète d'un soleil de banlieue –, en tout cas marginale.

Évidemment, les mêmes antinomies m'apparaissent inséparables dans l'histoire de l'humanité comme dans toutes les histoires que sont les vies individuelles. Tant de bonté, de générosité, de dévouement, tant de méchanceté, de vilenie, d'égoïsme. Tant d'intelligence, d'astuce, de génie créateur, tant de bêtise, d'aveuglement, d'illusions et d'erreurs. Quelle merveilleuse et quelle terrible puissance de l'imaginaire dans l'esprit humain qui crée les chefs-d'œuvre de la poésie, des littératures, des arts, et qui s'asservit en adorant et en implorant les dieux et les mythes qu'il a créés.

Ce double et multiple aspect, cette complexité dans tout ce qui est – depuis la particule, qui est aussi une onde, jusqu'à l'âme humaine, inséparable des interactions entre milliards de neurones –, voilà ce qui est toujours présent à mon esprit. C'est la leçon première de toutes mes expériences.

L'année de mes treize ans me sont venues deux révélations contradictoires qui m'ont marqué à jamais : le doute et la foi. À la lecture du *Crime de Sylvestre Bonnard* d'Anatole France, le « scepticisme souriant » (comme on disait de cet auteur) m'envahit comme étant Ma Vérité. À celle de *Crime et Châtiment* de Dostoïevski, je découvris le combat et la complémentarité entre la foi et le doute. Comme chez Pascal, même si ma foi n'a jamais eu Dieu pour objet, mais la fraternité humaine.

Je reçus surtout de Dostoïevski les messages de compassion et de complexité humaine. La compassion pour les humbles, les humiliés et offensés ne m'a jamais quitté. Elle est plus vive que jamais aujourd'hui où tant d'êtres sont humiliés du fait de leur origine ou de la couleur de leur peau. L'épaisseur de ses personnages féminins (Nastassia Filippovna dans *L'Idiot*, Grouchenka dans *Les Frères Karamazov*) ou masculins (Stavroguine dans *Les Possédés*) m'éclaira sur les complexités de l'âme humaine.

Et je pris conscience de l'universalité de cette complexité grâce à Hegel selon qui, en substance, si je traite de criminel un homme qui a commis un crime, j'élimine tous les autres aspects de sa personnalité, de ses actes et de sa vie. Je crois aussi à la possible rédemption de l'assassin. J'ai connu celle de l'enfermé avec qui je me suis lié.

Après ces premières lectures, Montaigne a approfondi mon scepticisme et m'a incité à l'auto-examen, puis Voltaire et Rousseau, complémentaires dans leur antagonisme, de même que les Lumières et le romantisme, la rationalité et le mysticisme (sans Dieu), l'invisible et le visible. Grâce à ces lectures, j'ai acquis le sentiment profond des doubles et multiples aspects des êtres humains, de leurs histoires singulières, de la grande Histoire qui nous emporte tous.

Chacun porte en soi le double impératif complémentaire du Je et du Nous, de l'individualisme et du communautarisme, de l'égoïsme et de l'altruisme.

La conscience de ce double impératif s'est profondément enracinée dans mon esprit au fil des années. Elle m'a toujours poussé à entretenir et à fortifier la capacité d'amour et d'émerveillement en même temps que la résistance obstinée à la cruauté du monde.

Je dirai enfin que la conscience de la complexité humaine conduit à la bienveillance. La bienveillance permet de considérer autrui non seulement dans ses défauts et ses carences, mais aussi dans ses qualités, à la fois dans ses intentions et ses actions.

Suis-je bon ? Je sais que je suis débonnaire, pas méchant, pas rancunier. Pas agressif.

J'aime la polémique d'idées, mais je déteste les attaques *ad hominem*. Je ressens très bien les voluptés de la vengeance, à avoir lu *Le Comte de Monte-Cristo* et à avoir vu tant de westerns. Mais dans ma vie jamais je n'ai cherché à me venger.

Certes mon caractère avenant et mon absence de volonté de puissance sont des conditions favorables à la bienveillance.

Toutefois j'ai dès l'enfance et jusqu'à présent fortement ressenti le besoin de reconnaissance et j'aimerais que mon œuvre soit connue pour ses apports et ses qualités. Comme elle s'est initialement trouvée déviante (et le demeure pour ma conception de la connaissance), j'ai dû subir l'incompréhension, le dédain et l'ironie.

Les écrivains, philosophes, universitaires souffrent d'un complexe de reconnaissance démesuré. Chacun voudrait être reconnu sinon comme génie, du moins comme le meilleur de ses pairs. Chaque livre est comme un enfant chéri dont on attend un destin glorieux qui rejaillira sur son auteur.

D'où les orgueils, vanités, mépris, méchancetés, parfois calomnies contre ceux que l'on voit en rivaux ou pire, en ennemis. Lorsque, au nom de la complexité, j'ai intégré dans mes écrits des savoirs puisés dans les sciences physiques ou biologiques, j'ai suscité la réaction du propriétaire qui sort son fusil contre le braconnier qui vient dérober son bien.

Je veux ajouter que tout ce que j'ai fait de bien a d'abord été incompris et mal jugé. Et pourtant je n'ai ni voulu ni cherché à être atypique ou rebelle. Mais l'autonomie de l'esprit conduit sans qu'on le veuille à la déviance. Il faut accepter l'incompréhension et le discrédit.

Finalement, il est bon d'être bon, on se sent bien d'être pour le bien, le sens de la complexité permet de percevoir les aspects différents et contradictoires des êtres, des conjonctures, des événements, et cette perception favorise la bienveillance. Ma leçon ultime, fruit conjoint de toutes mes expériences, est dans ce cercle vertueux où coopèrent la raison ouverte et la bienveillance aimante.

Mémentos

Vivre dans l'incertitude

Vivre est naviguer dans un océan d'incertitudes en se ravitaillant dans des îles de certitudes.

Attends-toi à l'inattendu.

L'histoire humaine est relativement intelligible a posteriori mais toujours imprévisible a priori.

Aucun acquis historique n'est irréversible.

L'humain n'est ni bon ni mauvais, il est complexe et versatile.

Quand l'immédiat dévore, l'esprit dérive.

L'élimination totale du risque conduit à l'élimination totale de la vie.

Le principe de précaution n'a de sens qu'associé à un principe de risque, indispensable à l'action et à l'innovation.

Le chemin vers l'avenir passe par le retour aux sources.

L'espérance est l'attente de l'inespéré.

Hygiène mentale

Ceux qui n'ont pas de haine échappent aux démences.

On réfute en argumentant, non en dénonçant.

À la doctrine qui répond à tout, plutôt la complexité qui pose question à tout.

Pour bien vieillir, il faut garder en soi les curiosités de l'enfance, les aspirations de l'adolescence, les responsabilités de l'adulte, et dans le vieillissement essayer d'extraire l'expérience des âges précédents.

Je ne cesserai jamais de percevoir ce qu'il y a de cruel, implacable, impitoyable dans l'humanité, ni ce qu'il y a de terrible dans la vie, ni de percevoir non plus ce qu'il y a de noble, généreux, bon dans l'humanité et ce que la vie a d'enchanteur et d'émerveillant.

Nous devons souvent affronter cette contradiction éthique : respecter toute personne humaine et ne pas l'offenser dans ce qui lui est sacré, et en même temps pratiquer l'esprit critique qui est animé par l'irrespect des croyances imposées comme sacrées.

L'autocritique est une hygiène psychique essentielle.

Il importe de ne pas être réaliste au sens trivial (s'adapter à l'immédiat) ni irréaliste au sens trivial (se soustraire aux contraintes de la réalité), il importe d'être réaliste au sens complexe : comprendre l'incertitude du réel, savoir qu'il y a du possible encore invisible.

L'art d'attribuer à autrui des mots qu'il n'a pas énoncés, des pensées qu'il n'a pas eues, de dégrader sa personne de la façon la plus vile, cet art a atteint des sommets.

Je critique des idées, je n'attaque jamais des personnes. Ce serait me dégrader que de les dégrader.

La France est à la fois une et multiculturelle. Elle a agrégé au cours de son histoire des peuples très divers, bretons, alsaciens, etc., puis des descendants d'immigrés. Son Unité embrasse une multiculturalité. Ces deux notions qu'opposent les esprits borgnes se complètent.

Vivre avec la crise

On devrait chercher un vaccin contre la rage spécifiquement humaine, car nous sommes en pleine épidémie.

La crise du Covid est en un sens une crise d'une conception de la modernité fondée sur l'idée que le destin de l'homme était de maîtriser la nature et de devenir le maître du monde.

Le Covid nous rappelle que nous vivons une Aventure, une Aventure dans l'inconnu, l'Aventure inouïe de l'espèce humaine.

Mystère

La Réalité se cache derrière nos réalités.

L'esprit humain est devant la porte close du Mystère.

REMERCIEMENTS

Ce livre m'a été suggéré par Sabah Abouessalam, ma compagne de vie et mon inspiratrice, et par Dorothée Cunéo, à la fois éditrice et accompagnatrice de *Changeons de voie*. Toutes deux ont soutenu l'écriture de ces *Leçons* en discutant, relisant et corrigeant le texte.

Table

NOTRE TEMPS

Les Stars, Seuil, 1957 ; coll. « Points Civilisation », 1972.

L'Esprit du temps, Grasset, 1962 ;
Le Livre de Poche, coll. « Biblio essais », 1983.

Commune en France : la métamorphose de Plodémet,
Fayard, 1967 ; Le Livre de Poche, coll. « Biblio essais », 1984.

Mai 68, la brèche (en collaboration avec Cornelius Castoriadis et Claude Lefort), Fayard, 1968 ; nouvelle édition suivie de *Vingt ans après*, Éditions Complexe, 1988.

La Rumeur d'Orléans, Seuil, 1969 ; édition complétée avec *La Rumeur d'Amiens*, Seuil, 1973 ; coll. « Points », 1982.

Pour sortir du XXe siècle, Nathan, 1981 ;
Seuil, coll. « Points Anthropologie », 1984.

De la nature de l'URSS, Fayard, 1983.

Penser l'Europe, Gallimard, 1987 ;
nouvelle édition complétée, Folio, 1990.

Terre-Patrie (en collaboration avec Anne-Brigitte Kern),
Seuil, 1993 ; coll. « Points », 1996.

Changeons de voie (en collaboration avec Sabah Abouessalam),
Denoël, 2020.

POLITIQUE

Politique de civilisation, Arléa, 1997.

La Voie, Fayard, 2011.

Le Chemin de l'espérance (avec Stéphane Hessel), Fayard, 2011.

ENSEIGNEMENT

La Tête bien faite, Seuil, 1999.

Le Défi du XXIe siècle : relier les connaissances, Seuil, 1999.

Les Sept Savoirs nécessaires à l'éducation du futur,
Unesco-Seuil, 2000.
Enseigner à vivre, Actes Sud, 2014

VIE ET DESTIN

Autocritique, Julliard, 1959 ;
Seuil, 1991, nouvelle édition, 1994.
Le Vif du sujet, Seuil, 1969 ; coll. « Points Essais », 1982.
Journal de Californie, Seuil, 1970 ; coll. « Points Essais », 1983.
Vidal et les siens (en collaboration avec
Véronique Grappe-Nahoum et Haïm Vidal Sephiha),
Seuil, 1989 ; coll. « Points », 1996.
Mes démons, Stock, 1994 ; Seuil, coll. « Points », 1998.
Mon chemin, Fayard, 2008 ; Seuil, coll. « Points Essais », 2011.
Les souvenirs viennent à ma rencontre, Fayard, 2019 ;
Fayard, coll. « Pluriel », 2021.

Composition : Utibi.
Achevé d'imprimer par Normandie Roto Impression s.a.s.
à Lonrai.
Dépôt légal : août 2021.
Premier dépôt légal : juin 2021.
N° d'impression : 2103970.

ISBN 978-2-207-16307-8 / Imprimé en France

403796